悦阅
YUEYUE

成长，从阅读开始。

L'Étranger

局外人

[法] 阿尔贝·加缪 著　郑克鲁 译

辽宁人民出版社

图书在版编目（CIP）数据

局外人 / (法) 阿尔贝·加缪著；郑克鲁译. — 沈阳：辽宁人民出版社，2019.8

（世界文学经典名译文库：有声导读版）

ISBN 978-7-205-09638-0

Ⅰ.①局… Ⅱ.①阿… ②郑… Ⅲ.①中篇小说－法国－现代 Ⅳ.①I565.45

中国版本图书馆CIP数据核字(2019)第120347号

出版发行：辽宁人民出版社
　　　　地址：沈阳市和平区十一纬路25号　邮编：110003
　　　　电话：024-23284324　http://www.lnpph.com.cn
印　　刷：嘉业印刷（天津）有限公司
幅面尺寸：145mm×210mm
印　　张：4
字　　数：93千字
出版时间：2019年8月第1版
印刷时间：2019年8月第1次印刷
项目策划：张珊妮
策划编辑：陈　昊
责任编辑：顾　宸
特约编辑：吴　瑕
封面设计：蒋宏工作室
版式设计：徐晓倩
责任校对：张玉斌
书　　号：ISBN 978-7-205-09638-0

定　　价：18.00元

当你阅读文学经典时,你便与三个灵魂对话:

与作家对话:为你提供解读时代和人类命运的奇异空间;

与译者对话:为你搭建沟通的桥梁,保留浮华世界的真性情;

与自我对话:用自己的方式感知现实世界,探索内在精神宇宙。

一部文学经典,它不向你保证财富,

不承诺功利,不执着于教导,

但却能为你打开一扇精神世界的大门,

陪你体悟更广阔的世界与人生。

文学经典承载着人类所共有的情感与追求,

每一次阅读,都会使读者

更好地理解世界,建立珍贵品质。

我们希望悦阅精选的文学经典,

是你穿过时间密林、触碰大师笔尖的引路者。

扫码进入《向经典致敬》,开启阅读新旅程。

一千个人眼中有一千个哈姆雷特，
从这里出发，唤醒阅读经典的兴趣，
扫码收听导读，升级你的文学素养。

即使再忙碌，也要记得阅读，
扫码即可收听名著精华版篇章朗读，
即刻享受文学的乐趣。

名著是人类的精神食粮，阅读经典，能够让你见识到人类文明的伟大成果，从而不断丰富自己的阅历，增长见识，开阔眼界，获得无穷的精神财富！

郑志勇
2019年于上海
师范大学文科实验楼

总 序

顾名思义,外国经典名著指的是外国文学作品中的精品,它们都是经过时代的考验,得到广大读者的推崇和确认,从浩如烟海的作品中选择出来的。《世界文学经典名译文库:有声导读版》就是这样一套名副其实的丛书,它包括了世界各国最受群众欢迎的佳作,有适合成人阅读的,也有适合青少年阅读的。

一个人的成长,离不开精神食粮的滋养。孩童时期阅读过的书籍,一生都不会忘记,在成长过程中时刻起着潜移默化的作用。随着年龄的增长,个人阅读的兴趣和对象会有变化,又能从不同的角度去领会和吸取书中的营养,与自己的生活经历相对照,并通过书中反映的现实与社会相联系。当然,名作家具有丰富的想象力,他们除了真实地描绘现实生活以外,往往还构想出千奇百怪、情节曲折的故事,这能大大提升读者的思维能力。这套书的内容还包括载着孩子的想象飞翔的北欧儿童故事、中世纪的浪漫故事、爱情的悲欢离合、底层人民的辛酸生活,甚至变幻了的现实。况且,外国文学作品写的是外国人的生活和想象,与我们的生活大相径庭,是我们所不熟知的，这能扩大我们的视野，增长我们的见识。这些经典作品对读者，特别是青少年读者有莫大好处。

这套丛书的最大特点是包含有声读物。丛书配以专业水平的朗读，能让人深入到作品中去。你可以一面看书，一面听朗读，这能加深对作品理解和记忆。你也可以不看书，仅仅听朗读，这也能帮助你领会书的内容。文学作品中往往有不少字是我们读错的或者根本不认识的，有声读物可以帮助你解决这个问题，使你掌握某些字词，扩充词汇量。大多数人看书碰到新词总是回避，不求甚解，听有声读物就能解决这种问题。总结起来，有声读物是一种新的创造，是一种新的阅读方法。

这套丛书的每部作品，还配有专业的导读音频，帮助读者领会作品的内容、意义和艺术特点。须知，要真正抓住作品的要点不是那么容易的，需要经过比较深入的研究才能办到，而导读正好帮助读者弥补了无法快速抓住阅读要领、掌握作品核心内容的遗憾。此外，导读也是一篇短议论文，还能帮助青少年读者学习该如何创作议论文。

这就是《世界文学经典名译文库：有声导读版》的几大特色，希望这套丛书能够让更多的读者热爱外国文学，热爱阅读经典！

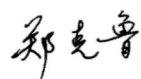

译序 加缪的文学之路

第一部分 生平和创作道路

一、早年生活

阿尔贝·加缪（Albert Camus，1913—1960），法国小说家、戏剧家、哲学家和评论家，存在主义的代表作家之一。1913年11月7日，加缪生于阿尔及利亚君士坦丁省的蒙多维。他父亲是农业工人，1914年在第一次世界大战的马恩河战役中牺牲。母亲原籍是西班牙，先在橡胶厂工作，后当女仆，带着两个孩子，于是只能搬到阿尔及利亚的贝尔库贫民区。1918年，他进小学，获得奖学金；1923年入中级班；次年进入阿尔及尔中学。1930年，他患肺病，被迫辍学。肺病对他的一生和创作都产生了重要影响。1932年，他在《南方》杂志上发表了几篇文章，谈论音乐、柏格森等。1933年，他进入阿尔及尔大学，主修哲学，在让·格勒尼埃的指导下接触到古今哲学家和文学家。1934年，他与西蒙娜·伊艾结婚，1936年离婚。由于生活困难，他很早就踏入社会，当过雇员和职员。1935年，他加入阿尔及利亚共产党，创建"劳动剧团"，既当编剧，又当演员和导演。1936年，他完成毕业论文《基督教思辨和新柏拉图主义》，但由于身体原因，未能参加教师资格会考。

二、早期创作

1937年，加缪在阿尔及尔建立文化之家，并在阿尔及尔电台的剧团中当演员。他肺病复发,在萨伏瓦治疗,后到法国和意大利旅行,发表散文集《反与正》。这部散文集叙述了他的童年生活。同年,由于他在对阿拉伯人的政策上意见不合,被开除出共产党。1938年,他在《阿尔及尔共和报》当记者,负责社会新闻、案件和文学报道,发表了评论纪德、尼赞、萨特的文章。1939年,该报变成《共和晚报》,他任总编辑,发表了关于北非人在法国的状况和卡比利地区贫困的报道。次年1月10日,该报停刊。5月,他发表《婚礼集》。这部散文集分为《蒂巴萨的婚礼》《捷米拉之风》《阿尔及尔之夏》《沙漠》四篇。第一篇歌颂阿尔及利亚海岸罗马废墟的景致,那里的苦艾酒呛喉咙;虽然这是天神居住的地方,却根本用不着爱神就能品味自然界的欢乐。第二篇描写捷米拉是一座死城,给人们展示了摆脱一切物质烦恼和思虑的世界。第三篇描写阿尔及尔是一座面向大海和太阳的城市,能令人感受到肉体的快乐。第四篇回忆到意大利的托斯卡纳的旅行。这个地方让他知道了幸福不是同乐观,而是同爱情相连的;在这样美的大地上,人也是要死的。这部散文集表述了他对生活的热爱,但又有对死亡的恐惧,具有浓烈的抒情色彩。6月,他来到巴黎,担任《巴黎晚报》的编辑部秘书。12月,他同弗朗西娜·富尔结婚。

三、成熟期

第二次世界大战的爆发对加缪产生了重大影响,加深了他对现实荒诞的认识。他的创作开始进入成熟期。1941年,他住在奥兰;1942年在当地的私立中学教书,肺病复发;6月中旬发表中篇小说《局外人》;10月发表随笔集《西绪福斯神话》,阐述他的荒诞哲学。《局外人》的情节如下:默尔索的母亲去世了,但第二天他遇到了玛丽,同她游泳、睡觉。他的邻居雷蒙因得到他的帮助,邀请他和玛丽到海滩去野餐,却遇到了几个阿拉伯人找雷蒙算账。默尔索独自回到泉边,在泉边遇到一个阿拉伯人,阿拉伯人掏出刀子,默尔索开枪打死了他。他在狱中同预审法官会见时,觉得像玩把戏一样;他感觉不到自己是罪人。检察官指责他在母亲死后第二天就谈情说爱云云,法庭判决他死刑。他不愿上诉,认为判决和生活都是荒谬的。

四、戏剧创作之一

1942年,加缪参加抵抗运动的组织"战斗"。这个组织把他派到巴黎,他进入伽利玛出版社。他在《苍蝇》彩排时认识了萨特。1944年5月,加缪发表剧本《卡利古拉》和《误会》。前者是五幕剧,也以生活荒诞为主题。加缪主要根据古罗马作家苏埃托尼乌斯(约70~128年)的《十二君主传》写成。主人公卡利古拉是古罗马皇帝,他在自己所爱的妹妹死后,发现世界是荒诞的,决定也玩弄荒诞的游戏,滥施淫威。对此,有人喝彩,而贵族在酝酿反抗。卡利古拉终于发现自己走错了路:毁掉一切,也会毁掉自己;战胜荒诞会采用暴力和杀人。于是,他自暴自弃不想揭穿反对自己的阴谋,最后死于密谋者的刀下。《误会》是三幕剧,据一则社会新闻写成。母女二人在一个荒僻的村庄开旅店,杀害住宿的客人。她的儿子发财后还乡,未被认出,也遭毒手。做母亲的发现后,欲随儿子而去。她的女儿玛尔塔上了吊。

五、长篇创作

在此期间,加缪发表了四封《致一位德国友人的信》,要"阐明一下我们进行的盲目战斗,以便使这场战斗变得更有效"。1944年8

月巴黎解放那一天,《战斗报》出版第一期,他任该报总编辑。1946年,他到美国旅行,受到纽约大学生的热烈欢迎。1947年,他发表小说《鼠疫》。小说故事发生在奥兰。4月,城里开始流行淋巴腺鼠疫,市长做出预防措施:往阴沟里灌毒瓦斯,身上有跳蚤的人要去检查,病人要隔离。医生里厄遇到一些怪事:柯塔尔在上吊之前,用粉笔在房门上写上:请进,我上吊了。他被邻居救了下来。市政府职员格朗花了好多年写小说,只完成头一句。鼠疫无法控制,当局下令,封闭城市。电影院生意兴隆,咖啡店也一样,橱窗上贴着广告:纯酒杀菌。公墓挤满了,火葬场不够用,人们在野外挖了两个大坑,一个放男尸,一个放女尸,后来连男尸女尸也不分了。帕纳鲁神父祈求鼠疫神施恩,但是无效,他也染上鼠疫死去。记者朗贝尔曾想回巴黎同爱人相聚,后来也加入战斗。来年1月,鼠疫渐渐缓和下来。里厄接到电报,妻子病逝。奥兰终于解除了鼠疫威胁,但里厄知道,鼠疫并没有消失,它潜伏起来,几十年后会给一个幸福的城市带来死亡。这部小说在20世纪90年代初已累计发行了500万册。

六、戏剧创作之二

1948年10月,加缪的剧本《戒严》上演。这是一个三幕剧,发生在加的斯。鼠疫以人的面目进入该城,他的秘书是死神,他迫使总督让位。城门关闭,荒谬、恐惧、专制笼罩全城。无政府主义者纳达幸灾乐祸,大学生迪埃戈则组织反抗,鼠疫节节后退。这时抬来迪埃戈的未婚妻,若要救她,他必须放弃斗争,离开城市。迪埃戈因拒绝而死去。他的死却使未婚妻再生,城市获得自由。1949年,加缪从南美回来后肺病复发,休息两年。1949年12月,他的《正义者》上演。这是一个五幕剧,故事发生在20世纪初的俄国。"社会革命党"决定谋杀皇叔谢尔盖大公。三个恐怖分子是卡利亚耶夫、费多罗夫和杜勒波夫。卡利亚耶夫负责扔炸弹，但最后一刻放弃了打算，因为大公由两个侄子陪伴着。两天后，卡利亚耶夫杀死了大公。在狱中，大公夫人来看他，表示要救他，他拒绝了。警察局长发布大公夫人来访的新闻，让人以为卡利亚耶夫忏悔了。但从宣布判处他死刑来看，他的朋友们知道他没有动摇。

七、随笔与中短篇创作

1950 年，加缪发表《时文集》第一卷。1951 年发表随笔集《反抗者》，论述面对荒诞的世界，反抗者的各种方式和利弊。次年，他因萨特对这部作品的责难而与之关系破裂，同时与左翼报纸展开论战。1952 年，他因联合国教科文组织接纳佛朗哥政府，辞去了在该组织的职务。1953 年，他发表《时文集》第二卷。1954 年，他发表散文集《夏天》。这段时间，他对阿尔及利亚战争十分关注。1956 年，他发表中篇小说《堕落》。故事发生在阿姆斯特丹。让－巴蒂斯特·克拉芒斯本是巴黎的律师，专办大案。一天晚上，他在塞纳河听到一阵笑声，回想起一个年轻女人在河里淹死的事。他感到自己的伪善和罪恶，无法再演戏了。他开始堕落，丧失了声誉。他换了个城市，改名换姓，变成了阿姆斯特丹下层社会的"忏悔法官"、盗贼的法律顾问。他是寡妇和孤儿的保护者，又是个诱惑者，力图把他的受害者拖向地狱。

1957 年，加缪发表短篇小说集《流亡与王国》，共收入六个短篇。《不贞的妻子》描写一个女人发现生活的领域比天空和星辰给她展示的更广阔。《叛教者》是一个天主教传教士的长篇独白，他最终抛弃了天主。《沉默的人》描写制桶工人罢工失败。《客人》描写一个法国小学教师不被阿尔及利亚起义者理解，在异国感到孤独。《约拿》描写一个画家在亲友的逼迫下慢慢地堕落。《生长的石头》写一个巴西土著发誓要将块巨石扛到教堂。一个法国工程师却把巨石运到土著家里。

1957年10月，"因为他的重要文学创作以明彻的认真态度阐明我们同时代人的意识问题"，加缪获得诺贝尔文学奖。在接受奖金时，他发表了论艺术家在当代世界中的作用的演讲：《艺术家和他的时代》。1958年，他发表了《时文集》第三卷。

1960年1月4日，他在从桑斯到巴黎的路上，因车祸去世。他的遗著有《记事册》《第一个人》等。《第一个人》是部半自传体小说。第一部《寻父》描写亨利·高麦利用马车把将要分娩的妻子拉到医生那里。他后来死于第一次世界大战的马恩河战役。四十年后，他的儿子雅克来拜谒他的墓，然后又回到家里，了解父亲生前的情况。第二部《儿子或第一个人》叙述雅克的中学时代、家庭生活和假期活动。他要探索世界，内心却感到困惑。

第二部分　小说创作

加缪在小说创作上取得重大成就，虽然他的小说只有一部长篇、两部中篇和一部短篇小说集，但每部作品都很有分量。他的小说提出了西方社会的两个重大问题，即对荒诞的认识和对命运的反抗。

一、荒诞意识

荒诞的概念并非加缪第一次提出。帕斯卡尔在《思想录》中已经提到这个问题，但直至20世纪，"荒诞"这个哲学概念才引起作家们的注意。马尔罗的小说曾经一再提及人生的荒诞。不过在加缪之前,荒诞并未成为小说作品的唯一主题。只有从《局外人》开始,荒诞才成为作家集中关注的对象。《西绪福斯神话》对荒诞的概念做出了最详尽的解释,这部随笔集的副标题是《论荒诞》。加缪以古希腊神话为例,对荒诞概念做了最通俗的阐释。巨人西绪福斯在地狱从山谷之底将一块巨石推到山顶,但巨石一旦推到了山顶,便会滚落下来,如此无穷地反复。西绪福斯在下山途中,意识到他的工作的荒诞性,但是他平静而执着的个性表明了荒诞人物的自由和明智,他从超越自然的希望中摆脱出来,同意生活在荒诞的世界中。西绪福斯的行动体现了主与仆的辩证关系:西绪福斯是奴隶,巨石是主人。奴隶西绪福斯意识到荒诞,由于他能思索,显示了他略胜一筹。巨石以其偌大的体积,压迫着西绪福斯,但弱小的人却以其精神的优势战胜并超越了它。

二、荒诞人形象

《局外人》塑造了荒诞人的形象。首先,小说通过主人公默尔索的经历,写出形成荒诞的社会原因。默尔索是"面对荒诞的赤裸裸的人",他是阿尔及尔的小职员,他对周围事物已经无动于衷,不再关心,他只有最基本的需要的冲动:饥渴、睡眠、女人的陪伴、夜晚的凉爽和海水浴带来的舒坦。对他来说,构成周围人的道德准则的一切义务和美德,只不过是一种令人失望的重负,他统统弃之不顾;甚至连他母亲去世也引不起他多大的痛苦。他的内心非常空虚,平日像掉了魂似的无所适从,毫无愿望,毫无追求,以致在沙滩上盲目地对阿拉伯人开枪。他对社会生活的冷漠和对人与人之间关系的无动于衷,是这个荒诞人典型、显著的外在特点。萨特正确地指出，小说对"荒诞的证明"，亦是对西方法律的有力抨击。司法机构要求默尔索参与到预审法官、律师和报纸玩弄的、体现了虚伪价值观念的一出闹剧中。官方的道德由偏见和伪善编织而成，但在默尔索那里撞上了一堵由固有的真诚心态组成的墙壁，起不了任何作用。默尔索拒绝参与这出闹剧。在众人眼里，他变成了一个局外人，一个危险的变质分子。默尔索被送上绞刑架，并非因他犯下的罪，而是因为他没有接受法律核定的信条和习俗。他的全部行动就是对这些信条和习俗的否定。于是强大的正统秩序压碎了这毫无防卫能力的心灵。加缪在《局外人》的美国版序言中说，默尔索"远非麻木不仁，他怀有一种执着而深沉的激情，对于绝对和真诚的激情"。默尔索是用沉默、无所谓和蔑视来对抗这个荒诞的社会和世界的，他身上有着激情，只不过这种激情隐藏在表面上显得麻木的态度中。他向阿拉伯人开枪好像是在烈日下的盲目行动，其实是他在荒诞现实的压抑下一种不由自主的发泄，是他愤恨于荒诞现实的一种激情流露。他对劝说他忏悔的教士和司法机构的推拒，也是不满于现实的自觉或不自觉的行动。他是无神论者，至死也不愿改变自己的信念。他对司法以可笑的逻辑推理来定罪也不做反驳，以一种无畏的态度迎接死亡。这个荒诞人具有一种批判现实的意识。

荒诞人的精神特点是与他人的隔膜状态，他无法与那些按照传统习俗思考的人找到共同语言。加缪认为这是僵化的道德和背叛这些道德的人之间产生破裂的直接后果。他在接受诺贝尔文学奖时的感言中说："这个社会……既可以在它的监狱又可在它的金融庙堂上写下自由和平等的字样，就不令人感到惊讶了。今日，最受蔑视的价值无疑是自由的价值。"加缪力图在《局外人》中对西方社会所标榜的自由和平等做出批判性的审察。他得出的结论是，这个社会在空喊自由和平等，或者以这类口号作为欺骗手段。因此，人的自由价值完全被抹杀了，人的生存成了荒诞的存在。

在《西绪福斯神话》中，加缪认为，荒诞是普遍存在的，永恒的，它的根源就在于生活本身的根本荒诞中。人由于忙于自己的日常事务，一般不会觉察到这是些无意义的事物。"起床、有轨电车、四小时工作吃饭、睡觉、星期三、四、五、六，同样的节奏……"但是有一天，他思索起来，发现人没法获得绝对真理，宇宙只提供骗人的表面现象和相对真理，并不让人满足自身。荒诞由此而来，它是我们渴望获得明白无误的事物的意愿和宇宙不可探测的秘密之间互相撞击的结果。加缪写小说时正值第二次世界大战激战方酣，法国沦陷在德国法西斯的铁蹄下，人们对自身的命运、对历史的进程感到茫然无措，陷入近乎悲观绝望的境地。这是存在主义及其阐明的荒诞意识产生的社会基础。

三、反抗意识

但是，战争的进程使加缪认识到要起来反抗荒诞的命运。这就是《鼠疫》所描写的内容。这是一部寓言式小说。鼠疫是法西斯的象征，也是荒诞的现实和存在。然而，小说的主人公们不再像默尔索那样，对现实的丑恶漠然置之；他们起来与之坚决斗争。他们认为"单独幸福会令人羞愧……不管我是不是愿意，我知道我是属于这里的人。这件事关系到我们大家"。每个人对他周围发生的事都负有责任，他的意识在召唤他。为了共同目的，大家一起进行斗争，团结一致，不怕危险，抢救患病的人。《鼠疫》表现了善良之人奋不顾身地与邪恶事物做斗争的场面。加缪指出，他的同时代人出生于第一次世界大战初期，经历了30年代希特勒上台后制造的事件、西班牙内战、第二次世界大战，完成了社会教育；今日又受到核武器的威胁；但他们"拒绝了虚无主义，开始寻找一种合理的存在……公开地反对死的本能"（《受奖演说》）。这种不向荒诞现实屈服的思想在《鼠疫》中得到充分体现。

加缪曾在《反抗者》中明确提出了反抗荒诞世界的思想。反抗者意识到荒诞的本质，终于起来反抗。这种反抗是"一个人起来反抗他的生存状况和全部自然界的行动"。加缪指出："反抗来自发生在非正义的、不可理解的状况面前非理智的景象。"一方面，人受到物质的压迫（鼠疫或岩石），另一方面，反抗者不是沉迷在无行动的状态中，而是起来与压迫他的东西做斗争。加缪认为要通过人的联合行动才能战胜荒诞。《鼠疫》中的里厄医生、柯塔尔和朗贝尔都不顾自身安危，投入到同鼠疫的斗争中，他们具有为他人服务的精神，通过共同反对非正义，达到服务于人类的目的。加缪说："对于人的状况，我是悲观的，而对于人，我是乐观的。"第二次世界大战反法西斯的胜利，使加缪对人类抱着乐观的态度。加缪对新的战争威胁、新的势力卷土重来是抱着警惕的，在《鼠疫》结尾，他写道："也许有朝一日，人们又遭厄运，或是再来一次教训，瘟神会再度发动它的鼠群，驱使它们选取某一座幸福的城市作为它们的葬身之地。"这是加缪对现实的清醒认识。

四、人道精神

加缪在《鼠疫》中表现出他是一个人道主义者。他认为，最大的不义是无辜者的痛苦和死亡，尤其是孩子的死。在《鼠疫》中，里厄向帕纳鲁神父挑战，要证明面对小孩奥通之死的神圣。人不能再把道德建立在天主身上，而要建立在人自身之上，否则就会陷入虚无主义，接受荒诞、增加人类的苦难。加缪在第四封《致一位德国友人的信》中说"人应该肯定正义，以便反对漫长的非正义；应该创造幸福，以便抗议制造不幸的世界。"在世界非理性的沉默中，只有人的呼吁才能与别人的呼吁相响应。人只有通过回答，给予别人的呼吁以意义，才能战胜荒诞。在《鼠疫》结尾，里厄发现："如果有一样东西是人们能够始终渴望和有时获得的，那就是人类的温情。"道德的首要责任是承认人类生活的神圣性，对无辜者、弱小者的同情和尊重。加缪认为，要实现人类温情的最大障碍之一是遍布世界的各种各样的极权主义、政治宗教案件。它们总是以绝对的抽象的思想对人类提出控告，暴力和非正义将人分隔开。

五、探索人性

20世纪40年代末、50年代初，随着国际政治舞台的风云变幻，加缪的思想发生了变化。《反抗者》已初露端倪。在创作上，《堕落》和《流亡与王国》显示出主题的转移。《堕落》表现了加缪对人性的探求。如果说，默尔索是一个普通人，具有真诚的一面，里厄医生具有高尚的自我牺牲品德，那么，《堕落》的主人公克拉芒斯则同他们不同，他体现了人性中邪恶的一面。他自称为"法官—忏悔者"，他进行自我解剖，对自己的所作所为毫不隐瞒。但他的特点是伪善：他平时乐于助人，如帮盲人过马路，助推车的人一臂之力，推抛锚的汽车，买救世军的报纸，乐善好施，冒着大雪安葬办事员，等等。其实他非常爱虚荣，爱待在高处；他不认为要主持正义，在辩护中却继续使用这个词；他通过公然污蔑人类精神来解心头之恨；他不相信人类的事务是严肃的，觉得世上没有好人。这样的人不可避免要走向堕落。他经常获得女人青睐，却从来不爱她们，竭力主宰她们。加缪在描绘这个人物时，把他的伪善当作普遍的人性，认为每个人身上多少有一点克拉芒斯的影子。但他并非一切都坏，他因未能去救一个呼救的女人而受到良心折磨。评论家认为，这个有双重人格的人物，与狄德罗笔下的拉摩的侄儿十分相像。加缪将克拉芒斯的无耻意识袒露出来，剥露出隐藏在假面具之下的真相。黑格尔指出："有一种对自我和别人的万能的欺骗，陈述这种欺骗的无耻正好是最高的真实。"这句话适用于克拉芒斯。

《堕落》本来属于《流亡与王国》，只因加缪将《堕落》铺陈开来，才单独发表。可见《堕落》和《流亡与王国》是有联系的。何谓流亡？何谓王国？在加缪看来，罢工失败，生活不能满足个人的愿望，感到孤独，被人误解，都属于流亡。《沉默的人》鲜明地表现了加缪的思想。这篇小说描写制桶工人罢工失败，前途渺茫。主人公渴望"跑到大海的那一边去"，这是指的哪里？作者没有明确道出。王国在哪里？加缪同样茫无所知。《不贞的妻子》的女主人公对环境不满，不适应阿尔及利亚南部的沙漠气候，她在夜晚冒着寒冷跑到高台，似乎要寻找什么："这个王国随时都向她开放，但从此不属于她。"《客人》描写一个欧洲人，帮助阿尔及利亚人获得自由，却被他们指责出卖阿尔及利亚人，最后被处以死刑。《叛教者》描写一个传教士在沙漠中被土著割掉舌头，却仍然盼望着王国。加缪心目中的王国，虽然很抽象，但包含着精神的向往和更美好的现实生活。这部短篇小说集反映了加缪面对20世纪50年代激烈变动的现实所处的无所适从的状态。

加缪的小说风格简洁而明晰。他追求为广大读者所理解的词汇和句子，语言具有古典文学风格，严谨而准确。但是，这并不妨碍他的文字具有浓郁的抒情色彩，表达复杂的感情。下面三点尤其值得注意。

第一,叙述方式。加缪喜欢使用第一人称的叙述方式。在《局外人》中,加缪用的是复合过去时,而不是一般常用的简单过去时(全文只出现过四次)。但是,这个"我"具有一般的自传体作品所不同的特点。叙述者的"我"只不过是一个乔装的"他"。布朗肖指出:"这个局外人与自身相比,仿佛是他人在看着他和谈到他那样……他完全是外在的。"阿布也指出:"叙述者都以为像一个'他'那样理解自我,他辨别自己的思想、矛盾和错误。"巴里埃在《〈局外人〉的叙述艺术》中指出,这部小说的文字是中性化的,口语只不过是用来抹去另一种语言。在小说的第二部分中,加缪运用越来越"典雅"的文体,但并不放弃口语。小说结尾重新使用文学性较强的语言。这种"我"与"他"的人称的微妙变化,口语与文学语言的交替使用,复合过去时与简单过去时的主次之分,造成了多变的效果,避免了单调,在平实中隐含丰富。《堕落》中的"我"为自己辩解,内心情感汹涌激荡,滔滔不绝地讲话,与默尔索形成对照;但他的语言也是平易通俗的。他也是将回忆与眼前现实交织起来,造成不单调的叙述效果。

第二,神话原型。结构主义和精神分析学者认为,《局外人》采用了神话原型的模式,即俄狄浦斯情结。默尔索和他的父母构成三角关系。他的母亲虽然死了,却在小说中一直存在,是她使默尔索被判处死刑。他的父亲虽然也死了,而且只提到过一次,但这是在关键的时刻:默尔索试图设想自我了结。在这个三角关系的中心,死神像一个看不见的人物,向三个人伸出了手。《局外人》的人物有两种类型:一种是母亲及其女性代替者玛丽、摩尔女人,另一种是不出现的父亲及其男性代替者佩雷兹、法官和律师。这两种类型的人物分别以海（与玛丽和欢情相连）和太阳（三次在小说中打上死亡印记：母亲下葬、打死阿拉伯人和审判）为象征。根据弗洛伊德的理论，在"反常的"哀痛中，主体不能放弃所爱对象。默尔索选择了这种方式。他不能转化哀痛，便把它压抑下去。默尔索即使想忘记他的母亲，也是十分困难的。母亲的形象不仅在审判中出现，而且在其他时刻也出现。至于父亲，他与替代形象和绞刑架联系在一起，儿子在和他争夺妻子。默尔索认为自己犯了弑父之罪，所根据的是，凡在精神上杀害了母亲的人，也能犯最可怕的弑父之罪，理应受到惩罚。他被判处死刑，因为他不想放弃"夺得母亲"这个愿望。对他的处决标志着父亲的胜利。

第三，象征性。加缪在《鼠疫》中大量运用了象征手法。奥兰与世界其他地方隔绝，象征着占领时期的法国；鼠疫将情人和家属分隔开，朗贝尔不惜一切要离开城市，这是封锁在占领区的法国人的写照和象征，他们参加抵抗运动，最终把不幸变成英雄行为。加缪在1942年春再次咯血，只得离开妻子，到上卢瓦尔河去疗养，这时北非的同盟国军队登陆，他和妻子一直分开到解放为止。在《鼠疫》中，加缪写的都是男人的故事，在这块阿尔及利亚的土地上，女人代表着别的地方、缺乏、愿望不能满足；隔离可以产生同战争和监狱一样的效果。

此外，加缪喜欢日记体的写法。他的小说往往以阿尔及利亚或非洲为背景，描写法国人在非洲的生活。

第三部分　戏剧创作

加缪十分重视戏剧创作。他在1959年指出："我知道，人们将我这方面的活动看作次要的和令人遗憾的。这不是我的意见。"他逝世前几个月又重申：对他来说，戏剧是"最高的文学样式，无论如何是最普遍的样式"。加缪只写过四个剧本，还改编过几个剧本，他来不及发挥自己的戏剧创作才能，便不幸去世了。

一般认为，加缪最成功的剧作是《卡利古拉》，其次是《正义者》。有人认为，加缪的戏剧与萨特的戏剧有某些相似之处，例如《误会》使人想起《禁闭》中的地狱密室。《卡利古拉》接近《苍蝇》和《魔鬼与上帝》，《正义者》和《肮脏的手》的情境和人物相似。这两位作家有共同的研究方向，都是无神论者。其实，他们的相异处更多。加缪的戏剧同他的小说和随笔一样，阐明同一种思想：世界荒诞，人要起来反抗。

一、荒诞意识

先是关于世界荒诞。《卡利古拉》是对《西绪福斯神话》的阐释，卡利古拉像西绪福斯一样，象征"荒诞的人"，也即头脑清醒的人。他意识到世界的荒诞。卡利古拉在他所爱的姐妹死去后，感到"人死了并不幸福"，这个事实"非常简单和明白"，别人对这种生活十分适应，他却做不到。既然他拥有极大权力，他就要充分利用。他要滥杀，颠倒一切价值观念；他否认友谊和爱情、人类友爱团结、善与恶。他"想要月亮"，却得不到。他衣服肮脏，没有皇帝的高贵与尊严。他杀戮王公贵族，将他们的妻女抓进宫内，任人糟践，甚至当着她们丈夫的面，强奸她们。他作恶多端，亲手勒死自己的情妇。但他最后意识到，他把荒诞推到极点是走错了路："我没有走必须走的路，我什么也没有达到。我的自由并不好。"事实上，想毁灭一切的人不可能不毁灭自己。卡利古拉想以荒诞的行动来对抗世界的荒诞，结果只能毁了自己，而丝毫改变不了这个荒诞的世界，这是卡利古拉的悲剧。加缪通过剧中人舍雷阿说，卡利古拉"促使人思索"。这是加缪所能得出的结论。《误会》也是一出阐明荒诞的剧作。这出戏充满了象征：罪行累累的旅店是我们的世界，封闭而荒诞，不受上天的监视。老母亲，更有甚者，玛尔塔，抱着绝对的虚无主义，追逐不为人知的犯罪。面对哥哥的死，玛尔塔无情地说："即使我认出他来，事情也不会有丝毫的改变。"她怨恨哥哥把她抛下不管，而一回来就夺走了母亲对她的爱，她感到人与世界的分离，心灵异化。她不承认有爱情和欢乐。她是荒诞世界产生的人物。而坚持不懈地追求幸福的人，却在不可知和无情的命运所组成的墙壁上撞得粉身碎骨。"误会"不是偶然产生的，而是人类状况不可避免的法则。正如玛尔塔所说："如今我们处在秩序之中。"剧中人待在罪恶和命运所组成的捕鼠笼里，无法脱身。

二、反抗意识

关于反抗。加缪认为，人经历了荒诞的经验之后，要摆脱偏见和障碍，势必要起来反抗世界和生存状况，从而超越荒诞。《戒严》所描写的鼠疫，指一切形式的暴虐和人的被毁和堕落，荒诞的专制规律剥夺了人的一切生存理由。但是，"必须竭尽所能不再受鼠疫所害"。为此，人们应该起来反抗鼠疫，要像剧中人迪埃戈那样，拒绝承认被鼠疫打败，让加的斯城重获自由和生存的乐趣。但反抗意识也要受到限制，因为暴力行动要同个人责任联系在一起。《正义者》确定了反抗的这种限制。狂热的斯特潘认为两个孩子与未来死去的几百万孩子相比，算不了什么，"当我们决定忘掉孩子时，那一天，我们就是世界的主人，革命就会获得胜利"。卡利亚耶夫不同意这种观点，他认为这是以建立明天正义的借口去做非正义的事："今天我正是为了活着的人去斗争，同意去牺牲。我不会为了一座我不甚了然的遥远的城市，而去打兄弟的脸。"对他来说，正义事业所采用的方法和结果都应是正确的。然而，杀死孩子并不光彩，应该扭转否认本意宽宏的革命行动。被捕后，他拒绝宽恕，接受死亡，承担自己的行动的全部责任。对加缪来说，正确的反抗在于有时为了建立正义而不得不杀人，但随后要为自身纯洁而死去。

加缪要描写的是"现代悲剧性"。他表现压在现代人身上的各种各样的威胁和会毁掉现代人脆弱的幸福的灾难，并加以限制和预防。《正义者》中的革命者认为世界是荒诞的、非正义的，他们以人与人的友谊和合作去反对这种荒诞和非正义。

三、内心挖掘

加缪塑造的戏剧人物以挖掘其内心为特点。他认为戏剧应表现"人心的秘密和人隐藏的真相"。卡利古拉内心充满矛盾，既头脑清晰又幻觉重重，既有理想又十分凶横，对人既充满蔑视又充满了爱。卡利亚耶夫是个纯粹的恐怖分子，又是个人道的革命者，面对最无情的任务，压制不住内心的呼喊。

但加缪的剧作哲理意味未免过强，《误会》有点直通通地阐明作者的哲学观点，《戒严》像在解一道代数方程式，《正义者》像一张几何图表，《卡利古拉》也有阐述定理的味道，这是加缪的戏剧未能获得更大成功的原因。

郑克鲁

目录　CONTENTS

001　　　局外人

085　　　沉默的人

局外人

第一部

一

今天，妈妈去世了，也许是昨天，我不知道。我收到养老院的电报："母逝。明天下葬。崇高敬意。"这等于什么也没说。也许是昨天死的。

养老院在马朗戈，离阿尔及尔八十公里。我要坐两点钟那班公交车，下午到达。因此，我能守灵，明晚回来。我向老板请了两天假，有这样的理由，他不能拒绝我请假。但是，他看来并不高兴。我甚至对他说："这不是我的过错。"他没有回答。于是我想，我本不该对他说这句话。总之，我用不着要别人原谅我。更确切地说，是他要向我表示哀悼。不过，后天他看到我戴孝的时候，无疑会这样做的。眼下，有点像妈妈没有去世。相反，下葬以后，事情就将了结，一切就又难说话了。

我乘了两点钟那班公交车。天气十分炎热。我在塞莱斯特的餐馆吃了饭。他们都为我难过，塞莱斯特对我说："每个人只有一个母亲。"我动身的时候，他们送我到门口。我有点儿心烦，因为我要到艾马纽埃尔家去，向他借条黑领带和黑纱。几个月前他失去了伯父。

为了不错过出发时间，我是跑着去的。这样急匆匆，这样奔跑，加上汽车颠簸，汽油气味，道路和天空亮得晃眼，正由于这一切，我打瞌睡了。我几乎一路都睡着。当我醒来时，我斜靠在一个军人身上，他冲我微笑，问我是不是赶远路，我说"是的"，不想多说话。

养老院离村子有两公里路。我是步行去的。我想马上看到妈妈，但是门房对我说，我必须去见院长。由于他正忙着，我便等了一会儿。这段时间，门房没停过口，然后，我见了院长：他在办公室接待我。这是一个小老头，佩戴着荣誉团勋章。他那双浅色眼睛望着我。随后，他握住我的手，一直不松开，我不知道怎样抽出来。他查看一份档案，对我说："默尔索太太是三年前进来的。您是她唯一的赡养者。"我以为他在责备我什么，我开始向他解释。可是他打断了我的话："您不需要辩解，亲爱的孩子。我看过您母亲的档案。您无法提供她的需要。她需要一个护工。您的薪水微薄，考虑下来，她在这里更加称心。"我说："是的，院长先生。"他又说："您知道，她有年纪相仿的人做朋友，她和他们对往事有共同的兴趣。您年轻，跟您在一起，她要烦闷的。"

确实如此。当年妈妈在家的时候，她的目光总是默默地跟随着我，消磨时间。她到养老院最初的日子，经常哭泣。但这是由于不习惯。过了几个月，如果让她离开养老院，她可能也哭泣。始终是习惯使然。也有点正因如此，近一年来，我几乎没去看她。也因为这样一来占去了我的星期天——还不算赶汽车、买车票、坐两小时车所花费的工夫。

院长还在跟我说，但是我几乎不听他说话了。末了，他对我说："我想，您愿意看看您母亲吧。"我一声不吭，站起身来，他先我一步，向门口走去。在楼梯上，他向我解释："我们把她抬到这里的小停尸间。为的是不要影响别人的情绪。每当有老人死了，其他人都会在两三天内神经过敏。这使服务工作变得困难。"我们穿过一个院子，院子里有很多老人，三五成群地闲聊。当我们走过时，他们便住了口。我们一走过,谈话又恢复了。好似一群鹦鹉在大声聒噪。来到一座小楼门口,院长离开了我:"我先走了,默尔索先生。有事到办公室找我。原则上,葬礼定于明天上午十点钟。我们是想让您能够守灵。最后说一句:您的母亲似乎时常向同伴们表示,想按宗教仪式埋葬。我已经负责做好安排。不过,我想让您知道。"我谢谢他。妈妈并不是无神论者,但生前从来没有想到过宗教。

我走了进去。这是一间十分明亮的厅堂,刷过白灰,玻璃天棚。有几把椅子和X形的支架。正是在两个支架上,停放着一口有盖的棺材。只见一些发亮的螺丝钉,拧进去一点,突出在刷成褐色的棺材板上。棺材旁边,有一个阿拉伯女护士,身穿白大褂,头上是一块颜色鲜亮的遮巾。

这当儿,门房进来,走到我背后。他大概是跑来的。他有点儿结巴:"他们已经盖上了,我得松开螺丝,让您能看到她。"他走近棺材,这时我止住了他。他对我说:"您不想看?"我回答:"不想。"他停下来,我很窘困,因为我感到,我本不该这样说。过了一会儿,他望着我,问道:"为什么?"但并没有责备的意思,仿佛想了解一下。我说:"我不知道。"于是,他卷着自己的白髭须,也不看我,说道:"我明白了。"他有一双浅蓝的漂亮眼睛,脸色红润。他给我搬来一把椅子,自己坐在我后面一点。女护士站起来,朝门口走去。这时,门房对我说:"她有下疳。"由于我不明白,我望着女护士,我看到她眼睛下面有一条绷带,沿着脑袋绕了一圈。在鼻子的地方,绷带是平塌塌的。她的脸上只看到白色的绷带。

她出去以后,门房说:"我不陪你了。"我不知道自己做了个什么样的手势,他又留下,站在我身后。背后有个人,使我不自在。这间屋子洒满了傍晚前的阳光。两只大胡蜂撞在玻璃天棚上,发出嗡嗡的声音。我感到睡意朦胧。我没有回转身,对门房说:"您在这儿很久了吗?"他立即回答:"五年了。"——仿佛他早就等着我这一问。

随后,他闲扯个没完。如果有人对他说,他会在马朗戈养老院当门房当到死,他可能会十分惊讶。他六十四岁,而且是巴黎人。这当儿,我打断了他:"啊,您不是本地人?"然后我想起,他带我到院长那里去之前,对我谈起妈妈。他对我说,要赶快埋葬,因为平原天气热,尤其在这个地方。正是在这时,他告诉我,他在巴黎生活过,他很难忘掉巴黎。在巴黎,有时死人在家里放上三四天。这里不行,时间太短,想到已经要跟着柩车去下葬,习惯不了。这时,他的妻子对他说:"别说了,不要对这位先生说这些事。"老头脸红了,连声道歉。我打圆场说:"没关系,没关系。"我感到他说得对,而且说的话很有意思。

在小停尸间,他告诉我,他进养老院是因为穷。由于他觉得自己身板硬朗,就自荐当了门房。我向他指出,他毕竟是养老院的一员。他说不是。刚才,他谈起养老院的人——有些不比他年纪大,他极少说"那些老人",而是说"他们""那些人",我印象深刻。当然,这不是一回事。他是门房,在某种程度上,他对他们还行使权利。

这当儿,女护士进来了。黑夜骤然降临。玻璃天棚之上,夜色很快便变得浓重。门房打开了电灯,灯光突然闪射,使我一阵眼花。他请我到食堂用餐。但是我不饿。于是他建议给我端一杯牛奶咖啡来。由于我非常喜欢牛奶咖啡,我接受了,过了一会儿,他端了一只托盘回来。我喝了咖啡。于是我很想抽烟。可是我犹豫了,因为我不知道我能不能在妈妈面前这样做。我沉吟一下,这无关紧要。

我给了门房一支烟，我们抽了起来。

半晌，他对我说："您知道，您母亲的朋友们也会来守灵。这是惯例。我要去找几把椅子，端几杯黑咖啡过来。"我问他能不能关掉一盏灯。照在白墙上的灯光使我心烦。他对我说不行。电灯是这样设置的：要么全开，要么全关。我不再多注意他。他出出进进，摆好椅子。在其中一把椅子上，他放上一只咖啡壶，周围摞着一些杯子。然后，他坐在我对面、妈妈棺木的另一边。女护士也坐在尽里边，背对我们。我看不到她在做什么。但从她手臂的动作看来，我可以认为她在织毛线。屋子里很暖和，咖啡使我发热，从打开的门，吹进来一股夜晚和鲜花的气息。我觉得我打了个盹儿。

一阵窸窣声把我弄醒了。由于刚才闭上眼睛，我觉得房间更加白得耀眼。在我面前，没有一点阴影，每样东西，每个角落，每条曲线，纯粹得刺目地呈现出来。这当儿，妈妈的朋友们进来了。他们总共十来个，在炫目的灯光下静悄悄地挪动。他们坐下来，椅子没有发出一点响声。我望着他们，我从来没有这样看过人，他们脸上和衣服的任何一个细节我都没有放过。不过，我没听他们说话，我很难相信他们就在那里。几乎所有的女人都系着围裙，束腰的带子使她们隆起的肚子更加突出。我还从来没有注意过老妇人会这样大腹便便。男人几乎都瘦骨嶙峋，拄着拐杖。他们的脸使我惊奇的是，我看不到他们的眼睛，而仅仅是在一脸皱纹中没有闪光的视线。他们坐下时，多半望着我，拘束地点点头，嘴唇全部陷入没有牙齿的嘴巴里，我都无法知道他们是向我致意呢，还是脸上抽搐一下。我宁可认为他们在向我致意。正是这时我发觉他们全都面对着我，坐在门房周围，摇晃着脑袋。有一会儿，我有一种他们坐在那里评判我的可笑印象。

过了一会儿，有个女人哭了起来。她坐在第二排，她的一个同伴挡住了她，我看不清她的脸。她一下又一下地抽泣着：我觉得她会哭个没完。其他人好像没有听见似的。他们神情沮丧，死气沉沉，默默无言。他们望着棺材或者自己的手杖，或者随便东张西望，但仅仅看这些东西。那个女人始终在哭。我很惊讶，因为我不认识她。我真不想再听到她哭泣。可是我不敢对她这样说。门房对她弯下身说了句话，但是她摇摇头，咕噜了句什么，继续以同样的节奏哭泣。于是门房走到我身边，坐在我身旁。过了好一会儿，他没有看着我，告诉我说："她和你的老母亲很要好。她说，这是她在这儿唯一的朋友，眼下她再没有朋友了。"

我们就这样坐了很久。那个女人的叹息和呜咽变得少了。她吸气吸得很厉害。她终于默然无声了。我不再打瞌睡，可是我很疲倦，腰不舒服。当下，使我难受的是所有这些人的沉默。不过，我时不时听到一下古怪的响声，我不明白这是什么声音。久而久之，我总算猜出有些老人在面颊里面吮吸，才发出这些奇特的喷喷声。他们没有发觉自己沉浸在思索中。我甚至觉得，这个躺在他们中间的死者，在他们看来算不了什么。但是现在我认为，这是一个错误的印象。

我们大家喝了门房端来的咖啡。后来的事，我就不知道了。黑夜过去。我记得，我什么时候睁开了眼睛，看见老人们蜷缩成一团睡着了，只有一个例外，他的下巴倚在拄着拐杖的手背上，盯着看我，仿佛他期盼着我醒来。然后我又睡着了。因为腰越来越痛，我又醒了过来。曙光照到玻璃天棚上。不一会儿，有个老人醒了，他咳得很厉害。他把痰吐在一块方格的大手帕里，每次吐痰都像撕心裂肺似的。他弄醒了其他人，门房说，他们该走了。他们站了起来。

这次守夜令他们不舒服，弄得他们面如死灰。他们出去时，我极为惊讶的是，一个个都和我握手——仿佛这一夜虽然我们没有交谈过一句话，却增加了我们的亲密。

我很疲乏。门房把我领到他屋里，我可以梳洗一下。我仍然喝牛奶咖啡，味道很不错。当我出来时，天已大亮。在马朗戈和大海之间的山冈上空，一片殷红。越过山顶的风将一股盐味带到这儿来。这预示着整天阳光灿烂。我很久没到乡下来了，我感到要不是妈妈的缘故，去散步真是赏心乐事。

我在院子的一棵法国梧桐树下等候。我呼吸到清凉泥土的气味，我再也不困了。我想起办公室的同事们。这时候，他们起来上班了：对我来说，这总是最难挨的时刻。我还在思索这些事，但是在房子内部响起的钟声让我分了心。在窗子后面有移动物件的忙乱声音，然后一切复归平静。太阳又升高了一点：阳光开始晒热我的脚。门房穿过院子，告诉我说，院长要见我。我到他的办公室去。他让我在几份文件上签字。我看到他穿着黑色上衣和有条纹的裤子。他拿起电话，和我打招呼："殡仪馆的人已经来了一会儿。我要叫他们封上棺材。您想最后再见一次您母亲吗？"我说不了。他放低声音，在电话里吩咐："费雅克，告诉那些人，他们可以走了。"

然后，他对我说，他会参加葬礼，我谢谢他。他坐在办公桌后面，把他短小的腿架起二郎腿。他提醒我，送葬的只有我和他，还有值勤的女护士。原则上，住院的人不得参加送葬。他只让他们守灵，他指出："这是一个人道问题。"在这种情况下，他准许妈妈的一个老朋友托马斯·佩雷兹参加送葬。说到这里，院长微笑了。他对我说："您知道，这是一种有点幼稚的感情。但是，他和您的母亲几乎形影不离。在养老院，大家开他们的玩笑，对佩雷兹说：'这是您的未婚妻。'他笑嘻嘻。这让他们感到是乐趣。事实是，默尔索太太的去世令他非常难过。我认为不应拒绝他参加送葬。不过，根据出访医生的建议，我不让他在昨天守灵。"

我们好半晌一言不发。院长站起身来，从办公室的窗子望出去。这时，他看到什么，说道："马朗戈的本堂神父已经来了。他提前到。"他预先告诉我，至少要走三刻钟，才能到达这个村子的教堂。我们一起下楼。楼前站着本堂神父和两个唱诗班的童子。其中一个拿着一只香炉，神父朝着他弯下腰来，调节好银链子的长短。我们来到时，神父直起身子。他管我叫"我的孩子"，对我说了几句话。他走进房子，我尾随着他。

我一眼就看出，棺材上的螺丝已经旋进去了，屋里有四个穿黑衣服的人。与此同时，我听到院长对我说，车子等在大路上，神父开始祈祷。从这时起，一切迅速地进行。那四个人拿着一条毯子，走向棺材。神父、唱诗班童子、院长和我，一起走出来。门前有一位太太，我不认识。"默尔索先生，"院长介绍说。我没有听清这位太太的名字，我只知道她是委派来的护士。她没有一丝笑容，耷拉着一张骨棱棱的长脸。我们站开一些，让灵柩通过，跟在搬运工后面，走出养老院。车子停在大门前，车身长方形，漆得亮闪闪，令人想起文具盒。旁边站着丧葬承办人，他身材矮小，衣着可笑，还有一个举止不自然的老人。我明白这是佩雷兹先生。他头戴一顶宽沿软毡圆帽（当灵柩越过大门时，他脱下帽子），穿一套西服，裤脚成螺旋形堆在鞋上，衬衫是宽大的白领，而黑布领结太小。鼻子布满黑点，嘴唇颤抖着。很细的白发下，露出古怪地晃动、难看地卷起的耳朵，血红的颜色衬在苍白的脸上，给我强烈的印象。丧葬承办人给我们安排好位置。本堂神父走在前面，然后是车子。四周是那四个棺材搬运工。后面是院长和我，委派来的护士和佩雷兹先生殿后。

天空已经浴满阳光。暑气开始压向地面，热力迅速升高。我不知道为什么要等这么久才上路。我身穿深色衣服，感到燥热。小老头本来戴上帽子，这时又脱掉。我略微朝他侧转身，望着他，这时院长对我谈起他。他告诉我，我母亲和佩雷兹先生傍晚时常在一个护士的陪伴下，一直走到村子里。我瞭望四周的田野。看到一排排柏树一直伸展到天边的山冈，大地呈现红棕色和绿色，房舍稀少，轮廓鲜明，我理解妈妈的心情。傍晚，在这个地方，该是一个令人伤感的歇息时刻。今天，流光四溢的太阳使得风景瑟瑟发抖，令人难以忍受和消沉。

我们上路了。正是从这时起，我发觉佩雷兹有点儿瘸。车子渐渐加快速度，和老头拉开了距离。车子周围那四个人中有一个也落后了，这时和我并排走着。我很奇怪，太阳在天空上升得那么快。我发觉田野早就响起虫鸣和毕剥的干草爆裂声。汗水沿着我的面颊淌下来。由于我没戴帽子，我用手帕扇风。殡仪馆那个职员这时对我说了句什么，我没有听见。与此同时，他用右手抬起鸭舌帽的帽檐，左手拿着手帕擦额角。我对他说："怎么啦？"他指指天，连声说："真烤人。"我说："是的。"过了一会儿，他问我："里面是您的母亲？"我又说："是的。""她年纪大吗？"我回答："一般。"因为我不知道准确的岁数。然后，他讷口不言。我回过身去，看到老佩雷兹在我们身后五十米开外。他手上甩着毡帽，急匆匆走着。我也看了看院长。他十分庄重地往前走，动作利索。他的额头上渗出几滴汗珠，但是他没有擦掉。

我觉得送葬的队伍走得更快了。我的周围始终是沐浴在阳光中的亮闪闪的田野。天空明晃晃的，令人难以忍受。有一段时间，我们走过一条整修过的公路，太阳晒得柏油裂开。脚陷到里面去，切开亮晶晶的柏油胶质。车夫的硬皮帽子突出在车顶之上，似乎在这黑泥里揉过一样。我有点失魂落魄，沉迷在蓝天白云、单调的色彩中：开裂的柏油的黑胶、衣服的黑色晦暗和车子的黑漆。阳光、皮革味、马粪味、漆味、焚香味、一夜未合眼的疲惫，这一切使我目光迷蒙，思绪紊乱。我又一次回过身来：发觉佩雷兹落在后面很远的地方，消失在一片热气蒸腾的云雾中，随后我看不见他了。我扫视远处寻找他，看到他已离开大路，斜穿过田野。我还看到，大路在前方拐个弯。我明白了，佩雷兹熟悉当地，想走捷径赶上我们。在拐弯处，他和我们会合。然后我们又把他落在后面。他再次斜穿过田野，这样有好几次。我呢，我感到血液在太阳穴扑扑地跳。

　　随后一切进行得如此迅速、明白无误和自然，我现在什么也记不得了。只有一件事：在村口，委派来的护士和我说话。她的嗓音很奇特，和她的面孔不相配，这是一种悦耳的颤抖的声音。她对我说："走得慢，会中暑。但走得太快，又要出汗，到了教堂会着凉。"她说得对。左右为难，没有办法。我还保留着这一天的几个印象：比如，当佩雷兹第二次在村子附近赶上我们的时候，他那张面孔。他因紧张和痛苦，面颊上淌满了大颗的泪水。但是由于有皱纹，泪水没有滴下来，散开了，又聚拢来，在这张憔悴的脸上形成薄薄一层水。我还记得教堂，路旁的村民，坟墓上的红色天竺葵，佩雷兹的晕倒，撒在妈妈棺木上血红色的泥土，混杂在土中的白色树根，还有人群，村子，在咖啡馆前的等待，马达不停的轰鸣声，以及汽车开进万家灯火的阿尔及尔，我想到我要上床睡上十二个小时所感到的满心喜悦。

二

我醒来时，明白了为什么我向老板请两天假时他一脸不高兴：今天是星期六。我可以说忘记了，但起床时我想起来。老板自然想到，这样的话，加上星期日我有四天假，这不会使他高兴。但一方面，昨天而不是今天安葬妈妈，这不是我的错；另一方面，无论如何，星期六和星期日总还是我的。当然，这并不妨碍我还是理解老板的心情。

我好不容易才爬起来，因为昨天一整天我好累。我在刮脸时，寻思要干什么，我决定去游泳。我乘电车去海滨浴场。一到那儿，我就跳进水里。年轻人很多。我在水里遇到了玛丽·卡多娜，以前我的办公室里的一个打字员，那时我渴望得到她。我相信她也一样想得到我。可是不久她离开了，我们来不及相好。我帮她爬上一个浮筒，这样做的时候，我碰到她的乳房。当她趴在浮筒上的时候，我还在水里。她朝我回过身来。她的头发遮住眼睛，笑着。我爬上浮筒，挨在她身边。风和日丽，我仿佛开玩笑，头向后仰，搁在她的肚子上。她什么也没说，我就这样待着。我两眼望着天空，天是蓝的，金光闪闪。我感到颈背下玛丽的肚子在轻轻起伏。我们长时间半睡半醒地待在浮筒上面。烈日过于灼热时，她跳下水去，我跟随着她。我追上了她，搂住她的腰，我们一起游泳。她总是在笑。在岸上晒干身子时，她对我说："我晒得比您还黑。"我问她晚上是不是想去看电影。她还是笑，对我说，她想看一部费南代尔[①]的片子。我们穿好衣服以后，她看到我系一条黑领带，显得很惊讶，问我是不是在戴孝。我告诉她，妈妈去世了。她想知道是什么时候，我回答："昨天。"她后退一小步，但没有发表什么看法。我真想告诉她，这不是我的过错，可是我住了口，因为我想，我已经和老板说过这句话。这表示不了什么。无论如何，人总是要犯点过错的。

晚上，玛丽把事情忘个一干二净。影片不时挺逗的，随后又确实蠢得可以。她的腿挨着我的腿。我抚摸她的乳房。电影快结束时，我吻了她，但是吻得很笨拙。出来后，她跟着我到我住的地方。

我醒来的时候，玛丽已经走了。她和我说过，她要到她姑妈家去。我想，今天是星期天，这令我很烦闷：我不喜欢星期天。于是，我在床上翻了个身，在枕头上寻找玛丽的头发留下的盐味，我一直睡到十点钟。然后我抽了好几根香烟，始终躺着，直到中午。我不想同平时那样在塞莱斯特的餐馆吃饭，因为他们一准会向我提问题，而我不喜欢这样。我煮了几只鸡蛋，凑着盘子吃了，没吃面包，因为我没有了，也不愿意下楼去买。

吃过午饭，我有点百无聊赖，在房间里踯躅。妈妈在家的时候，这套公寓还很合适。眼下对我来说太大了，我不得不把餐桌搬到卧室里来。我只在这个房间里生活，放上几把草垫有点凹陷的椅子，一个镜子发黄的衣柜，一张梳妆台和一张铜床。其余的我置之不顾了。过了一会儿，我想找点事做，便拿起一张旧报看起来。我剪下克吕申盐业公司的广告，贴在一个旧本子里，里面贴的都是报上我感兴趣的东西。我洗了洗手，最后来到阳台。

[①] 费南代尔（1903—1971），法国著名喜剧演员。

我的卧室面临郊区的主干道。下午天清气朗。然而，路面泥泞，行人稀少，而且行色匆匆。先是一家人出来散步，两个穿海军服的小男孩，短裤盖住膝盖，笔挺的衣服有点束缚住他们的手脚，还有一个小姑娘，戴着一个粉红色的大蝴蝶结，穿着黑色的漆皮鞋。他们后面是一个大块头母亲，穿着栗色的绸长裙，还有父亲，是相当瘦弱的小个子，我有一面之交。他戴一顶扁平的窄边草帽，扎着蝴蝶结，手里拿着一根拐杖。看到他和他妻子在一起，我明白了为什么街区的人说他与众不同。稍后，郊区的年轻人走过，他们的头发油光可鉴，系着红领带，西服上装弯成弧形，衣袋绣花，穿方头皮鞋。我想他们是去城中心看电影。因此他们走得这样早，匆匆地去赶电车，一面朗声嬉笑。

他们走过之后，街上渐渐不见人影。我想，各处的演出都开始了。街上只有那些店主和猫。街道两旁的榕树上方，天空纯净，但没有光辉。对面的人行道上，烟草店老板搬出一张椅子，放在门前，骑坐在上面，双臂放在椅背上。刚才挤满人的电车如今几乎空荡荡的。烟草店旁边的"彼埃罗之家"小咖啡店里，伙计在空无一人的店堂里扫木屑。果真是星期天。

我把椅子倒转过来，像烟草店老板那样放好，因为我感到，这样坐更舒服。我抽了两根香烟，进去拿了一块巧克力，回到窗前吃掉。不久，天阴暗下来，我以为要下雷阵雨。可是天又逐渐放晴。不过，层叠的乌云掠过，仿佛是风雨欲来，使街道变得更加阴暗。我久久待在那里遥望天空。

五点时，电车叮叮当当地开过来，带来了从郊外体育场返回的一群群观众，他们吊在栏杆上，踩在踏板上。随后几辆电车带来的是运动员，我从他们的小手提箱认出他们的身份。他们声嘶力竭地喊叫和唱歌，祝愿他们的俱乐部不会败落。有好几位和我打招呼。其中一个甚至对我喊道："我们赢了他们。"我点点头，大声说："是的。"从这时起，小汽车开始蜂拥而来。

天色又有一点转暗。屋顶上空，天空一抹红色，黄昏初现，街道热闹起来。散步的人陆续回来。我在人群中认出那位举止优雅的先生。孩子们哭哭啼啼，或者被拖着走。几乎在这一刻，街区的电影院把潮水般的观众倾泻到街上。其中，年轻人的手势比平时更加坚决，我想，他们是看了一部冒险片。从城里电影院返回的人，晚一点到达。他们显得更庄重。他们仍然说笑，不过不时地显得疲乏和若有所思。他们滞留在街上，在对面的人行道上徘徊。街区的少女们不戴帽子，互相挽着胳膊。小伙子们排列成行，和她们交臂而过，抛出几句玩笑，她们嘻嘻笑着，掉过头去。有好几位是我认识的，她们向我打招呼。

路灯这时突然亮了，使夜空中初现的星星黯然失色。我望着人头攒动、灯光闪烁的人行道，感到眼睛疲倦了。电灯照得湿漉漉的路面亮晶晶的，间隔而过的电车将灯光反射在闪亮的头发上、笑容上或者银手镯上。不久，电车少了，树木和电灯之上，夜空已经变得墨黑，街区不知不觉人走空了，直到第一只猫慢慢地穿过重新变得空寂无人的街道。这时我想，该吃晚饭了。我趴在椅背上太久了，脖子有点儿酸。我下楼去买面包和酱，做好晚饭站着吃。我想在窗前抽一支烟，但空气转凉了，我有点儿冷。我关上窗子，走回来时在镜子里看到桌子一角放着酒精灯和几块面包。我想，星期天总是这样熬过去的，妈妈如今已经埋葬了，我要重新上班了，总之，什么都没有改变。

三

　　今天，我在办公室做了很多事。老板很和蔼。他问我是不是很累，他还想知道妈妈多大年纪。我说"六十来岁"，想不至于弄错，我不知道为什么他看来松了一口气，认为一件事办完了。

　　我的桌子上摞起一大堆提货单，我需要细读一遍。离开办公室去吃午饭之前，我洗了洗手。中午是我喜欢的时候。黄昏，我觉得乐趣反而少，因为大家使用的转动毛巾，一天下来完全湿透了。有一天我向老板指出这点。他回答我说，他觉得这很遗憾，可是这毕竟是无关紧要的小事。中午迟至十二点半，我才和艾玛纽埃尔一起出来，他在发货部工作。办公室面临大海，我们看了一会儿热辣辣的太阳底下停在港口里的货轮。这当儿，一辆卡车来到，响起一片杂乱的铁链碰击声和噼啪声。艾玛纽埃尔问我"坐上去怎么样"，我们奔跑起来。卡车超过我们，我们追了过去。我淹没在嘈杂声和灰尘之中。我什么也看不见，只感到在绞车、机器、天际跳荡的桅杆和身旁的船体之中奔跑的无节制的冲动。我最先攀住卡车，跳了上去。我帮助艾玛纽埃尔坐下来。我们喘不过气来，卡车在尘土和阳光中，在码头高低不平的路上颠簸。艾玛纽埃尔笑得接不上气。

　　我们来到塞莱斯特餐馆，大汗淋漓。他总是那样，大腹便便，系着围裙，胡子雪白。他问我"还是老样子"，我对他说是的，我饿了。我吃得很快，喝了咖啡。然后我回到家，睡了一会儿，因为我喝太多酒了,醒来时我想抽烟。时候不早了,我奔跑着追赶一辆电车。我工作了一下午,办公室里很热。黄昏下班时,我乐于沿着码头慢慢走回家。天空是绿色的,我感到很高兴。但我还是直接回家,因为我想自己煮土豆。

上楼时,在黑魆魆的楼梯里我碰到老萨拉马诺,他是我同一层的邻居。他牵着狗。大家看到他们厮守在一起已经有八年了。这条长毛垂耳的西班牙猎犬得了一种皮肤病,我想是红癣,毛几乎掉光了,满布着斑和褐色的痂。由于他们俩生活在一个小房间里,老萨拉马诺最后就像那条狗。他脸上也有红痂,头上是稀疏的黄毛。狗呢,它得自主人一种弯腰曲背的姿势,嘴巴伸向前,脖子挺着。他们的模样像是同一族类,但是他们互相憎恨。一天两次,上午十一点和下午六点,老人牵着狗散步。八年来,他们没有改变过行走路线。可以看到他们沿着里昂街散步,狗拖着人,直至老萨拉马诺打个趔趄。于是他打狗,骂狗。狗吓得趴下,让人拖它。这时,轮到老人拽了。稍后狗忘了,重新拖着主人,它重新挨打、挨骂。于是,他们俩待在人行道上,互相对视,狗怀着恐惧,人怀着憎恨。天天如此。狗要撒尿时,老人不等它撒完便拽它,西班牙猎犬身后洒下一长条小小的尿滴。要是狗偶尔在房间里撒尿,它还要挨打。这样的日子持续了八年。塞莱斯特总是说"真是可怜见的",但是谁也无法知道怎么回事。我在楼梯上遇到萨拉马诺时,他正在骂狗。他对狗说:"混蛋!脏货!"而狗在呻吟。我说"您好",但老人还在骂狗。于是我问他,狗怎么惹他了。他没有回答我。他只是说:"混蛋!脏货!"我约莫看到他俯身对着狗,正在狗颈上摆弄什么东西。我更大声地说话。这时,他没有回转身,憋着一肚子火,回答我:"它总是那样。"然后,他拖着狗走了,狗撑着四条腿,任人拖着,一面呼哧着。

恰好在这时,我同一层的第二个邻居回来了。在街区里,大家说他靠女人为生。有人问他的职业时,他却说是"仓库管理员"。一般说来,大家不大喜欢他。但他常常和我说话,有时他到我屋里坐坐,因为我听他说话。我感到他说的事很有趣。再说,我没有任何理由不同他说话。他叫雷蒙·圣泰斯。他相当矮小,宽肩,一个拳击手的鼻子。他总是衣冠楚楚。他谈到萨拉马诺时,也对我说:"真可怜见的!"他问我,他是不是令我讨厌,我回答不讨厌。

我们一起上楼,正要分手时,他对我说:"我那里有猪血香肠和葡萄酒。一起吃一点怎么样?……"我想,这省得我做饭,便接受了。他也只有一个房间,还有一个没有窗户的厨房。床的上方,有一个红白两色的仿大理石天使,几张冠军照片和两三张裸体女人的照片。房间很脏,没有铺床。他先点上煤油灯,然后从口袋里掏出一卷相当肮脏的纱布,裹上自己的右手。我问他怎么回事。他告诉我,他和一个找他碴儿的家伙打了一架。

"您明白,默尔索先生,"他对我说,"我并不凶,但我是急性子。那个家伙,他对我说:'是男子汉,你就从电车上下来。'我对他说:'走开,一边待着。'他说我不是一个男子汉。于是我从电车上下来,对他说:'够了,就此拉倒,否则我会让你学乖点。'他回答我:'怎么学乖?'于是我给了他一拳。他倒下了。我呢,我去把他扶起来。而他躺在地上踢了我几脚。于是我用膝盖撞了他一下,给了他两下勾拳。他满脸是血。我问他是不是被打得动不了。他说:'是的。'"

圣泰斯一面叙述,一面包扎。我坐在床上。他对我说:"您看不是我寻衅的,是他冒犯了我。"不错,我承认。于是他对我表示,他就这件事想跟我讨主意,我呢,我是一个男子汉,我了解生活,我能帮助他,再说,他会是我的哥们儿。我一言不发,他又问我,我愿不愿意做他的哥们儿。我说,我无所谓。他好像很高兴。他拿出猪血香肠,在锅里煮熟,他摆好玻璃杯、盘子、刀叉和两瓶葡萄酒。他默默无声地做这些事。然后我们入席。他一面吃,一面向我讲述他的故事。他先是犹豫了一下。"我认识一位太太……也可以说是我的情妇。"和他打架的那个男人是这个女人的兄弟。他告诉我,他供养着她。我一声不吭,但他立马补充说,他知道街区的人说他什么,不过他问心无愧,他是仓库管理员。

"言归正传,"他对我说,"我发觉了她的欺骗。"他给她的钱刚够维持生活。他为她付房租,每天给她二十法郎饭钱。"三百法郎房租,六百法郎饭费,时不时一双袜子,总共一千法郎。女人不工作。但她对我说,我给她的钱她不够花。我对她说:'你为什么不工作半天呢?这样就可以减轻我负担这些零碎花费了。这个月我给你买了一件套装,我每天给你二十法郎,下午你和女友们一起喝咖啡。你拿出咖啡和糖,去请她们。我呢,我给你钱。我待你够好的了,而你对我使坏。'她就是不工作,总是说钱不够花,正是这样我发觉其中有欺骗。"

于是他告诉我,他在她的手提包里发现一张彩票,她无法解释她是怎么买的。不久,他又在她那里发现一张当票,证明她当了两只手镯。迄今为止,他不知道有这两只手镯。"我看出来,其中有欺骗。于是,我离开了她。但是我先揍她一顿。然后,我说出她的底细。我对她说,她想做的,就是另外寻开心。您明白,默尔索先生,我这样对她说:'你没看到人家在嫉妒我给你的幸福。以后你会明白你是身在福中不知福。'"

他把她打到出血。以前他不打她。"我打她可以说还是轻的。她叫起来。我把窗关上，总是这么了结的。但如今，情况严重了。对我来说，我还没有惩罚够她。"

他给我解释，正因此，他需要讨主意。他停下来，拨了拨结了灯花的灯芯。我呢，我始终在聆听。我喝了将近一公升葡萄酒，觉得太阳穴发烫。我抽的是雷蒙的香烟，因为我已经没有烟了。最后几辆电车经过，同现在已经远去的郊区嘈杂声一起带走了。雷蒙继续说话。令他烦恼的是，他对跟他睡过觉的女人还有感情。不过，他想惩罚她。他先是想把她带到一个旅馆，叫来"风化警察"，引起丑闻，让她在警察局备个案。后来他找过黑帮里的朋友们。他们没有找到什么办法。就像雷蒙对我所指出的，加入黑帮是值得的。他对他们说过以后，他们提议给她"留下印记"。但这不是他所希望的。他要考虑一下。在这之前，他想征询我的想法。另外，他在征询我的意见之前，他想知道我对这件事的想法。我回答，我没什么想法，但这件事很有意思。他问我，我是不是认为其中有欺骗。我呢，我觉得有欺骗。如果我觉得应该惩罚她，换了我，我该怎样做。我告诉他，这是永远无法知道的事，但我明白他想惩罚她。我又喝了一点葡萄酒。他点燃了一支香烟，把他的想法告诉我。他想给她写一封信，"对她软硬兼施，让她后悔"。然后，她回心转意，他会跟她睡觉，"正当要完事的时候"，他就朝她脸上吐唾沫，把她赶出去。我觉得这样做她确实受到惩罚了。可是雷蒙对我说，他感到自己写不出这封要写的信，他想到了由我来起草。由于我保持缄默，他便问我当下写信是不是麻烦，我回答不麻烦。

他喝了一杯酒，站了起来。他把盘子和我们吃剩下的一点猪血香肠推开，仔细地擦拭漆桌布。他从桌子抽屉里取出一张方格纸，一个黄信封，一支红木杆的小蘸水笔和一小方瓶紫色墨水。他告诉我女人的名字，我看出是个摩尔女人。我写好了信。信写得有点儿随便，但是我尽力让雷蒙满意，因为我没有理由不让他满意。然后我大声朗读信。他一面抽烟，一面听，连连点头，又让我再读一遍。他完全满意。他对我说："我就知道你了解生活。"我起先没有发觉他用"你"来称呼我。只是当他对我宣称"现在你是我真正的哥们儿了"，我才感到惊讶。他又说了一遍，我说："是的。"是不是他的哥们儿，我倒是无所谓，他看来确实想这样做。他封好信，我们把酒喝完。然后我们默默无言地抽了一会儿烟。外面万籁俱寂，我们听到一辆小汽车经过的滑动声。我说："天不早了。"雷蒙也这样想。他注意到时间过得很快，在某种意义上，确实如此。我困了，可是站起来有点费劲。我的样子大概很疲倦，因为雷蒙对我说，不必垂头丧气。我先是不明白。于是他给我解释，他已经知道我妈妈去世，但是这件事迟早要发生。这也是我的想法。

  我站了起来，雷蒙使劲握我的手，对我说，男人之间总是相通的。从他家里出来，我关上了门，在黑暗的楼梯台上待了一会儿。楼里一片岑寂，从楼梯洞的深处升上来一股说不清的潮湿气息。我只听到血液在耳朵里汩汩的敲击声。我纹丝不动。在老萨拉马诺的房里，那只狗在低声哼叫。

四

  整个星期,我都努力工作。雷蒙来过,对我说他把信寄出去了。我和艾玛纽埃尔去看过两次电影,他总是不明白银幕上演的是什么。我只得向他解释。昨天是星期六,玛丽来了,这是我们约好的。我非常想占有她,因为她穿了一件红白条纹的漂亮连衣裙和一双皮凉鞋。可以捉摸出她结实的乳房。阳光晒成的褐色使她的脸像朵鲜花。我们坐上公共汽车,到了离阿尔及尔几公里的海滩,海滩夹在悬崖之间,沿岸长着芦苇。四点钟的太阳已不太热了,但海水是温的,长条的细浪慢吞吞地卷过来。玛丽教会我一种游戏。必须游泳时迎着浪峰,喝一口水花,含在嘴里,然后翻过身来,朝天把水喷出去。这就形成一条泡沫的花边散布在空中,或者像温热的雨洒落在脸上。可是,不一会儿,我的嘴被苦涩的盐灸伤了。玛丽这时和我会合,在水里和我贴紧。她把嘴对准我的嘴,她的舌头让我的嘴唇感到凉爽,我们在浪涛里打滚了一会儿。

  我们在海滩上穿好衣服以后,玛丽用闪闪的目光望着我。我吻了她。从这时起,我们不再说话。我搂着她,我们迫不及待地要找到一辆公共汽车,回到我家,扑到床上。我让窗子打开,感到夏夜的气息流到我们褐色的身体上,这是多么惬意啊。

  早晨,玛丽留了下来,我对她说,我们一起吃午饭。我下楼去买肉。上楼时,我听到雷蒙房里有女人的声音。稍后,老萨拉马诺责骂他的狗，我们听到楼梯的木头踏板上响起鞋底和爪子的声音："混蛋，脏货，"他们来到街上。我把老人的故事讲给玛丽听，她咯咯地笑。她穿上我的一件睡衣，把袖子挽起来。她笑的时候，我又想和她做爱。过了一会儿，她问我是不是爱她。我回答她，这说明不了什么，我觉得不爱她。她好像很难过。在做午饭的时候，她一点小事就笑起来，引得我去吻她。正是这时，在雷蒙房里爆发出争吵的响声。

先是听到一个女人的尖嗓门，继而是雷蒙的声音："你对不住我，你对不住我。我要教会你尊重我。"几下沉闷的声音，女人喊叫起来，叫得那么可怕，楼梯口站满了人。玛丽和我，我们也出来了。女人一直在叫，雷蒙一直在打。玛丽对我说，真是可怕，我一声不响。她让我去叫警察，但我对她说，我不喜欢警察。不过，三楼的一个房客，是个管子工，他叫来了一个警察。他敲门，里面没有声音了。警察再使劲敲，过了一会儿，女人哭泣，雷蒙开了门。他嘴里叼了根香烟，一副和蔼可亲的样子。那个女人冲到门口，对警察说，雷蒙打她。警察问："你的名字。"雷蒙回答了。警察说："和我说话的时候，把烟从嘴上拿掉。"雷蒙迟疑一下，看了看我，又抽了一口。这时，警察使劲又狠又准地扇了他一记耳光。香烟甩到几米远的地方。雷蒙脸色变了，但他当时一声不吭，低声下气地问，他能不能去捡他的烟头。警察说可以，又补上一句："但是下一次，你要知道警察不是可以随便应付的。"那个女人一直在哭，不住地说："他打我。他是个权杆儿。"雷蒙问："警察先生，说一个男人是权杆儿符合法律吗？"警察命令他"闭嘴"。雷蒙于是转向那个女人，对她说："等着，小娘们儿，还会见面的。"警察叫他闭嘴，让女人离开，而他要待在房里，等候警察局传讯。他还说，雷蒙喝醉了，哆嗦成这个样子,该脸红才是。这时,雷蒙向他解释:"我没有喝醉,警察先生。不过,我在这里,在您面前,我在哆嗦,这是必然的。"他关上门,大家走开了。玛丽和我终于准备好午餐。但她不饿,我几乎全吃光了。她在一点钟离开,我睡了一会儿。

将近三点钟,有人敲我的门,雷蒙进来了。我仍然躺着。他坐在床沿上。他一句话不说,我问他事情是怎么经过的。他告诉我,他做了他想做的事,但她打了他一记耳光,于是他打她。其余的我看到了。我对他说,我觉得现在她受到了惩罚,他应该满意了。这也是他的看法,他指出,警察这样做是白费心机,他改变不了她挨揍的事实。他还说,他了解警察,知道该怎么对付他们。他问我,是不是等着看他怎么回敬警察的耳光。我回答,我什么也不等,再说,我不喜欢警察。雷蒙的样子很满意。他问我是否愿意和他一起出去。我起了床,开始梳洗。他对我说,我必须做他的证人。我呢,我对此是无所谓的,但我不知道该说什么。据雷蒙看来,只要说那个女人对不住他就够了。我同意为他作证。

我们出门了,雷蒙请我喝一杯白兰地。随后,他想打一盘台球,我差一点输了。然后他想逛妓院,我说不去,因为我不喜欢这个。于是我们慢慢走回家,他告诉我,他很高兴成功地惩罚了他的情妇。我觉得他同我一起很随和,我想,这是一个美好的时刻。

我从老远看见老萨拉马诺站在大门口,神情激动。我们走近时,我看到他没有牵着狗。他四面张望,团团乱转,竭力看透黑洞洞的走廊,嘴里念念有词,重新开始用发红的小眼睛搜索街道。雷蒙问他怎么了,他没有马上回答。我隐约听到他喃喃地说:"混蛋,脏货。"他不停地激动不安。我问他,他的狗在哪里。他生硬地回答我说,狗走掉了。然后,他突然滔滔不绝地说起来:"我像平时一样,带它到练兵场。赶集的人很多,多到几乎无法前进。我停下来看《逃跑的国王》。等我想离开的时候,它不在那儿了。当然,我早就想给它买一个小一点的颈圈。可是我从来没想到这脏货会一走了之。"

雷蒙对他解释,狗可能迷了路,会回来的。他举出一些例子,狗能跑几十公里找到主人。尽管如此,老人的神情反而更加激动。"您明白,他们会把它从我那里夺走的。但愿有人收留它。但这不可能,它一身的痂,令所有人讨厌。警察一准会抓走它。"我对他说,他应该到待领处去,付点看管费就可以领回来。他问我,看管费是不是很高。我不知道。于是,他发起火来:"为这脏货花钱。啊!它可能死了!"他开始咒骂它。雷蒙笑起来,走进楼里。我跟随着他,我们在二楼的楼梯台上分手。过了片刻,我听见老人的脚步声,他敲我的房门。我把门打开,他在门口站了一会儿,对我说:"对不起,对不起。"我请他进来,但他不肯。他望着鞋尖,长着痂的手在颤抖。他不看我,问道:"您说,默尔索先生,他们不会抓走它吧。他们会还给我。要不然,我怎么活下去呢?"我告诉他,待领处会将狗保留三天,等物主去认领,然后就随意处理了。他默默地望着我。然后他对我说:"晚安。"他关上他的门。我听到他来回踱步。他的床吱嘎作响。从透过墙壁传过来的古怪声音,我知道他在哭泣。我不知道为什么我想到妈妈。可是,第二天我必须早起。我不饿,没吃晚饭就睡下了。

五

雷蒙打电话到我办公室。他告诉我，他的一个朋友（他和朋友谈起过我）邀请我到他离阿尔及尔不远的海滨木屋去过星期天。我回答，我很愿意去，可是我那天和女朋友有约会。雷蒙马上表示，他也邀请她去。他朋友的妻子会很高兴不用独自待在一群男人中间。

我本想立刻挂上电话，因为我知道，老板不喜欢有人从城里给我们打电话。但是雷蒙请我等一下，他告诉我，今晚他会转达这个邀请，不过，他想告诉我别的事。他一整天被一群阿拉伯人盯梢，其中有他以前情妇的兄弟。"如果你今晚回家时看到他在你家附近，请告诉我。"我说一言为定。

过了一会儿，老板派人来叫我，我顿时烦躁起来，因为我想，他要对我说，少打一点电话，多干一点活儿。根本不是这样。他对我说，他要和我谈一个还很朦胧的计划。他只想听听我对这个问题的看法。他有意在巴黎设一个办事处，直接在当地和大公司做买卖，他想知道我能不能去那里。这能让我生活在巴黎，一年中还有一部分时间旅游。"您很年轻，我觉得您大概喜欢这种生活。"我说是的，不过说到底，我倒无所谓。于是他问我，是不是对改变生活不感兴趣。我回答，人们永远不能改变生活，无论如何，各种生活都是可以互相媲美的，我在这儿的生活绝对不令我讨厌。他的样子好像不高兴，说我答非所问，我没有雄心壮志，这对做买卖是很糟糕的。

于是我回去工作。我并非想令他不快，但我看不出有什么理由改变我的生活。仔细想想，我并非不幸。我上大学的时候，有过不少这类雄心。但是当我不得不辍学的时候，我很快明白，这一切实际上无关紧要。

晚上，玛丽来找我，问我是不是愿意和她结婚。我说，这对我无所谓，如果她愿意，我们可以结婚。于是她想知道我爱不爱她。我就像已经说过一次那样回答，这没有什么意义，但毫无疑问，我不爱她。她问："那么，为什么娶我？"我向她解释，这毫无意义，如果她愿意，我们可以结婚。再说，是她要结婚的，我呢，我只满足于说可以。她指出，结婚是件大事。我回答："不是。"她沉默了一会儿，默默地望着我。然后她说话了。她只想知道，如果有另一个女人，我与之有同样关系，我是否会接受她同样的建议。我说："当然喽。"她寻思她是不是爱我，我呢，对此我一无所知。又沉吟了一会儿，她喃喃地说，我是个怪人，正因如此，她爱我，也许有朝一日我会以同样理由讨厌她。我沉默不语，她又无话可说，便微笑着抓住我的手臂，表示她想和我结婚。我回答，只要她愿意，我们可以结婚。于是我向她谈起老板的建议，玛丽对我说，她喜欢了解巴黎。我告诉她，我在巴黎生活过一段时间，她问我那里怎样。我对她说："很脏。有鸽子和黑乎乎的院子。人的皮肤很白。"

后来，我们在城里的大街闲逛。女人都很漂亮，我问玛丽她是不是注意到了。她说是的，明白我的心思。有一会儿，我们不再说话。但我希望她和我待在一起，我对她说，我们可以一起在塞莱斯特餐馆吃晚饭。她很想去，但是她要办事。我们已经来到我家附近，我和她说再见吧。她望着我："你不想知道我要办什么事吗？"我很想知道，可是我没有想到去问她，正因此，她的神态像在责备我。

看到我尴尬的样子,她又笑了,整个身子往前一冲,把她的嘴向我凑过来。

我在塞莱斯特餐馆吃晚饭。我已经吃起来,这时进来一个古怪的小女人,她问我能不能坐在我的桌子旁。她当然可以。她的动作不连贯,两眼闪光,一张苹果般的小脸。她脱下收腰上装,坐下来,兴奋地看菜谱。她把塞莱斯特叫来,用清晰而急促的声音马上点完她所要的菜。等待上冷盘时,她打开手提包,取出一小方块纸和一支笔,先把账算好,从小钱袋里取出钱来,并加上小费,总数准确,放在前面。这时,冷盘给她端来了,她飞快地狼吞虎咽。在等下一道菜来的时候,她又从手提包里取出一支蓝铅笔和一本刊登这个星期广播节目的杂志。她非常仔细地把所有的节目一个个打钩。由于杂志有十来页,整整一顿饭,她就在细心地做这件工作。我已经吃完饭了,她还在专心致志地打钩。然后她站起来,以自动机器一样的准确动作重新穿上收腰上装,走了出去。由于我无事可做,我也跟了出去,尾随着她。她站在人行道的边缘上,以难以置信的速度和准确往前走,不偏不斜,头也不回。我最后看不见她,便回家去了。我想,她真古怪,但是我很快就把她忘了。

在门口,我看见老萨拉马诺。我让他进屋,他告诉我,他的狗彻底丢了,因为狗不在待领处。那些工作人员对他说,也许狗被轧死了。他问有没有可能到警察局去了解一下。人家回答他,这种事不会留下记录,因为天天都在发生。我对老萨拉马诺说,他可以再养另一条狗,但他向我指出,他已习惯了这条狗,他说的是对的。

我蜷缩在床上,萨拉马诺坐在桌子前的一张椅子上。他面对着我,双手放在膝上。他戴着旧毡帽。在发黄的髭须下,他嘟囔着一言半语。他有点儿令我讨厌,可是我什么也没做,我不困。没话找话，我问起他的狗。他对我说，他妻子死后，他就有了这条狗。他结婚很晚。青年时代他很想搞戏剧：他在团队里演军人的轻喜剧。但最后，他进了铁路部门，他并不后悔，因为眼下他有一小笔退休金。他和妻子一起时并不幸福，但总的说来，他已经习惯和她待在一起。她死时，他感到很孤独。于是他向车间的一个同事要了一条狗。必须用奶瓶去喂它。由于狗比人活得短，他们就一起老了。"它脾气不好，"萨拉马诺对我说，"不时要争吵。但这还算是一条好狗。"我说，这是一条良种狗，萨拉马诺的样子很高兴。"还有，"他又说，"它得病前您没有见过它。它最美的是一身毛。"自从狗得了这种病，每天早晚，萨拉马诺给它抹药。但据他看来，它真正的病是衰老，而衰老是治不好的。

  这时，我打了个哈欠，老人说他要走了。我对他说，他可以留下，对他的狗所发生的事我很难过，他谢谢我。他对我说，我妈妈很喜欢他的狗。谈到她时，他管她叫"您可怜的母亲"。他猜想妈妈死后，我大概很痛苦，我无言以对。这时，他带着尴尬的神态，很快地告诉我，他知道街区的人认为我不好，因为我把母亲送进养老院，但是他了解我，他知道我很爱妈妈。我不知道为什么这样回答，说我至今也不知道别人认为我这样做不好，但是我觉得进养老院是很自然的事，因为我没有足够的钱雇人照顾妈妈。"况且，"我补上一句，"很久以来她对我无话可说，她一个人百无聊赖。""是的，"他对我说，"在养老院里，至少彼此有伴。"然后他告辞了。他想睡觉。如今他的生活改变了，他不太清楚要做什么事。自从我认识他以来，他第一次畏畏缩缩地向我伸出手来，我感到他手上的硬皮。他微笑一下，出去之前对我说："我希望今天夜里狗不要叫。我总以为那是我的狗在叫。"

六

星期天，我很不容易醒过来，玛丽必须叫我，推我。我们没有吃饭，因为我们想早点游泳。我感到腹内空空，有点儿头痛。烟有苦味。玛丽嘲笑我，说我有张"送葬的脸"。她穿了一条白色连衣裙，披散着头发。我说她很漂亮，她高兴得笑了。

下楼时，我们敲了敲雷蒙的门。他回答我们，说他这就下楼。在街上，由于我很疲乏，又因为我们没有打开百叶窗，不知道外面浴满阳光，照在我脸上，像打了我一记耳光。玛丽高兴得跳跳蹦蹦，一迭连声地说天气真好。我感到好受些，发觉饿了。我对玛丽说了，她让我看她的漆布手提包，里面放着我们的游泳衣和一条浴巾。我只能等一下，我们听到雷蒙关上房门的声音。他穿了一条蓝长裤和一件短袖白衬衫，但是戴了一顶扁平的窄边草帽，这使玛丽觉得好笑。他的前臂长着黑毛，皮肤倒是十分白皙。我觉得令人讨厌。他下楼时吹着口哨，神情十分愉快。他对我说："你好，老兄。"他称玛丽"小姐"。

前一天，我们上警察局，我证明那个女人"对不住"雷蒙。他受到警告，算是没事了。他们没有核对我的证词。在门口，我们和雷蒙商量一下，然后我们决定坐公共汽车。海滩不太远，但我们坐车去更快些。雷蒙认为他的朋友看到我们早到会高兴的。我们正要动身，雷蒙突然向我示意看对面。我看到一群阿拉伯人靠在烟草店的橱窗上。他们默默地望着我们,不过以他们那种方式,恰好就像我们是石头或者枯树那样。雷蒙对我说,左边第二个就是那个家伙,他看来心事重重。他还说,不过,现在事情已经了结。玛丽不太明白,就问我们怎么回事。我对她说,这些阿拉伯人和雷蒙有过节。她希望立马出发。雷蒙振作起来,笑着说,该抓紧时间。

我们朝汽车站走去,汽车站有点远,雷蒙对我说,阿拉伯人没有跟着我们。我回过身来。他们始终在老地方,还是那样冷漠地看着我们刚离开的地方。我们坐上公共汽车。雷蒙似乎顿时松了口气,不停地跟玛丽开玩笑。我感到她讨他喜欢,但是她几乎不理睬他。她不时笑着看一看他。

我们在阿尔及尔郊区下车。海滩离汽车站不远。但是必须穿过一个小高地,高地俯视大海,一直倾斜到海滩。满地是土黄色的石头和雪白的阿福花,而天空是耀眼的蓝色。玛丽抡起漆布手提包,将花瓣打落在地,感到乐趣。我们穿过一排排有绿白两色栅栏的小别墅,其中几幢有游廊,隐没在柽柳丛中,另外几幢处在石头中间,没有树木掩映。在到达高地边之前,已经可以看到大海波平浪静,更远处是一个海角,蜷伏不动,巍然耸立在明净的海水中。一阵轻微的马达声穿过宁静的空气,传到我们这里。我们在很远的地方遥望到一条小拖网渔船,几乎觉察不到地在亮闪闪的海上驶行。玛丽从岩石上采摘了几朵蓝蝴蝶花。从通向大海的斜坡上,我们看到已经有几个游泳的人了。

雷蒙的朋友住在海滩尽头的一幢小木屋里。房子背靠悬崖,前面支撑房子的木桩已浸在水里。雷蒙给我们做介绍。他的朋友叫马松。他身材高大、魁梧、宽肩,而他的妻子又矮又胖,和蔼可亲,巴黎口音。他随即对我们说不要拘谨,他做了炸鱼,鱼是他当天早上钓到的。我对他说，我感到他的房子很漂亮。他告诉我，每逢星期六、星期天和假日，他都到这儿来度过。他又说："同我的妻子好相处。"正好他的妻子同玛丽说说笑笑。我也许是第一次真正想到要结婚。

马松想游泳，可是他的妻子和雷蒙不想去。我们三个人下到海滩，玛丽立刻跳进水里。马松和我，我们等了一会儿。他说话慢吞吞的，我注意到他习惯先要补充一句"我要多说一句"，其实，对他所说的话，他丝毫没有添加什么意思。谈到玛丽，他对我说："她好极了，我要多说一句，很迷人。"后来我不再注意这句口头禅，因为我一心去感受阳光给我的舒服。脚下的沙子开始发烫。我真想下水，但我又拖了一会儿，我终于对马松说："下水吧？"我跳了下去。他慢慢地走进水里，直到站不住了，才游起来。他游蛙泳，游得相当差，我便撇下他，去追赶玛丽。水很凉，游起来很舒服。我和玛丽游得很远，我们觉得，我们在动作和心情愉悦上都协调一致。

到了宽阔的海面，我们改成仰游，太阳照在我朝天的脸上，撩开流进我嘴里的最后几层水幕。我们看到，马松回到沙滩，躺在太阳下。从远处看，他显得体形庞大。玛丽想让我们贴在一起游。我游到她后面，搂住她的腰，她在前面用胳膊划水，我在后面用脚打水协助她。拍打水的噼啪声一直跟着我们，直到我感觉累了。于是我撇下玛丽，往回游了，恢复正常的姿势，呼吸也畅快了。我趴在马松身边，躺在海滩上，脸贴着沙子。我对他说"这样舒服"，他同意。不久，玛丽回来了。我翻过身来，看她走近。她浑身是海水，头发甩在后面。她紧挨着我躺下，她身上的温热和太阳的热量烘得我睡着了。

玛丽推醒我，对我说，马松回去了。我马上站起来，因为我饿了，但玛丽对我说，从早晨以来，我还没有吻过她。不错，而且我想吻她。她对我说："你到水里来。"我们跑过去，躺在卷过来的细浪中。我们划了几下，她贴在我身上。我感到她的腿夹住我的腿，我对她产生了欲望。

我们回来时，马松已经来叫我们了。我说我非常饿，他马上对妻子说，他喜欢我。面包很好，我几口就吃掉我那份炸鱼。然后有肉和炸土豆。我们默默无言地吃着。马松不时喝酒，也不断给我斟酒。喝咖啡时，我的头有点昏沉沉，我抽了很多烟。马松、雷蒙和我，我们考虑八月份一起在海滨度过，费用平摊。玛丽突然对我们说："你们知道现在几点？十一点半。"我们都很惊讶，但是马松说，我们饭是吃得很早，这很自然，因为什么时候饿，就什么时候吃午饭。我不知道为什么这使玛丽发笑。我觉得她喝得有点多了。马松问我是否愿意陪他到海滩上散步。"我妻子饭后总要午睡。我呢，我不喜欢这个。我需要走路。我总是对她说，这对身体更好。但这毕竟是她的权利。"玛丽表示她留下来帮马松太太洗盘子。小个巴黎女人说，干这些事，要把男人赶出去。于是我们三个就下了楼。

太阳几乎直射在沙子上，海上的闪光令人难以忍受。海滩上不见人影。从高地边上俯瞰着大海的木屋，传来刀叉杯盘的声音。石头的热气从地面升上来，热得人难以呼吸。雷蒙和马松开始谈起一些我不清楚的人和事。我明白了，他们相识已久，甚至有个时期住在一起。我们朝海水走去，沿着海边走。有时，一股细浪卷得更高，打湿了我们的布鞋。我什么也不想，因为我没戴帽子，太阳晒得我昏昏欲睡。

这时，雷蒙对马松说了句什么，我没有听清。与此同时，我看见在海滩尽头,离我们很远的地方,有两个穿蓝色司炉工装的阿拉伯人,正向我们的方向走来。我看了看雷蒙,他对我说:"是他。"我们继续走。马松问,他们怎么会一直跟到这里。我想,他们大概看到我们带着去海滩用的提包,但是我什么也没说。

阿拉伯人慢慢地往前走,离我们已经近多了。我们没有改变步伐,雷蒙说:"要是打起来,马松,你对付第二个。我呢,我来收拾我那个家伙。你呢,默尔索,如果又来一个,就归你了。"我说:"好的。"马松把手插在兜里。我觉得烫人的沙子现在都晒红了。我们迈着均匀的步伐,向阿拉伯人走去。我们之间的距离逐渐缩小。当彼此离开只有几步路时,阿拉伯人站住了。马松和我,我们放慢了脚步。雷蒙笔直向他那个家伙走去。我听不清他说的话,但是那一个摆出向他挑衅的样子。雷蒙先给了他一拳,马上招呼马松过来。马松冲向给他指定的那一个,用全身力气打了两拳。阿拉伯人倒在水里,脸触到水底,他待在那里有好几秒钟,脑袋周围冒出水泡,在水面上破裂了,另一个满脸是血。雷蒙回过身对我说:"看好他要掏出什么东西。"我朝他喊:"小心,他有刀!"可是,雷蒙的手臂已被划破了,嘴上也划开了口子。

马松向前一跳。但是另一个阿拉伯人爬了起来,站到拿刀那人的身后。我们不敢动手。他们慢慢后退,不断盯住我们,用刀镇住我们。当他们看到有段距离时,便飞快地逃走了,而我们站在太阳底下,像钉在那里,雷蒙用手捏紧滴着血的手臂。

马松马上说,有一位大夫到高地来过星期天。雷蒙想立即就去。每当他说话的时候,伤口的血就从嘴里冒出泡泡来。我们扶着他,尽可能快地回到木屋。雷蒙说,他的伤口只划破点皮,他可以去看大夫。他和马松一起去,我留下来向两个女人解释发生的事。马松太太哭起来，玛丽脸色惨白。我呢，给她们解释我心里也不好受。最后我住口不说了。我一面抽烟，一面望着大海。

将近一点半，雷蒙和马松回来了。他的手臂包扎好了，嘴角贴着橡皮膏。大夫对他说不要紧，但雷蒙脸色十分阴沉。马松想逗他笑。可是他一直不说话。后来，他说要到海滩去，我问他去哪儿。马松和我说，我们陪他去。他发起火来，还骂我们。马松说不要惹他不高兴。我呢，我还是跟随着他。

我们在海滩上走了很久。太阳现在火辣辣的，散成碎块，落在沙子和大海上。我觉得雷蒙知道自己到哪儿去，但这无疑是错误的印象。在海滩尽头，我们终于来到一个小泉水边，泉水在一大块岩石后面的沙子中流淌。我们在那里看到那两个阿拉伯人。他们穿着肮脏的蓝色司炉工装，躺在那里。他们好像完全平静下来了，而且几乎显得很高兴。我们的来到，丝毫没有改变什么。伤了雷蒙的那个人一声不吭地望着他。另一个吹着一根小芦苇，从眼角瞟着我们，不断地重复用芦苇吹出来的三个音符。

这会儿，只有阳光、寂静、泉水的淙淙声和三个笛音。雷蒙把手伸到放手枪的口袋里，但那个阿拉伯人没有动弹，他们俩一直对视着。我注意到，那个吹芦笛的人脚趾分得很开。雷蒙的目光没有离开他的对手，一面问我："我干掉他？"我想，如果我说不，他会冲动起来，准定开枪。我只对他说："他还没有同你说话。这样开枪不光彩。"在寂静和酷热中，依然听到轻轻的泉水声和芦笛声。雷蒙说："那么，我先骂他，他一还口，我就干掉他。"我回答："好。但是，他不掏出刀来，你不能开枪。"雷蒙开始有点激动。那一个一直在吹芦笛，他们两人观察着雷蒙的每一个动作。我对雷蒙说："不行。还是一个对一个。把你的手枪给我。如果那一个插手，或者他拔出刀来,我就干掉他。"

雷蒙把手枪递给我,阳光照在上面一闪烁。但我们仍然一动不动,仿佛周围的一切把我们封住了。我们目不转睛地对视着,在大海、沙子、阳光之间,一切都凝然不动,芦笛和泉水也寂然无声。这时我在想,可以开枪,也可以不开枪。但突然间,两个阿拉伯人倒退着溜到岩石后面。于是,雷蒙和我往回走。他显得精神好些,谈起回程的公共汽车。

我陪他一直走到木屋,他上楼梯时,我在第一级楼梯前站住,脑袋被太阳晒得嗡嗡响,想到要费劲爬楼梯,还要和两个女人相处,便感到泄气。可是,天气炎热难当,站在从天而降的耀眼的光雨之下,也是无法忍受的。待在这里还是离开,都是殊途同归。过了一会儿,我朝海滩转过身去,走了起来。

就像漫天红光爆炸。大海憋得急速地喘气,把细浪抛掷到沙滩上。我缓慢地朝岩石走去,我感到额头在阳光下膨胀起来。全部热气压在我身上,阻止我往前走。每当我感到热风吹到脸上时,我咬紧牙,在裤袋里捏紧拳头,全身绷紧,战胜太阳,战胜它向我倾泻的昏沉沉的醉意。从沙子、泛白的贝壳或者碎玻璃闪射过来的光,像利剑一样,每一闪,我的下巴便收缩一下。我走了很长时间。

我从远处看到那一小堆黑黝黝的岩石,阳光和海上的微尘给它罩上炫目的光环。我想到岩石后面清凉的泉水。我渴望再听到汩汩的涌泉声,渴望躲避太阳、使劲地走和女人的哭声,渴望终于找到阴凉和歇息。但是当我走近时,我看到雷蒙的对头又回来了。

他是一个人。他仰面躺着,双手枕在脑后,脸罩在岩石的阴影里,身体却在太阳下。他的蓝色司炉工装晒得冒热气。我有点吃惊。对我来说,这件事已经完结了,我到这儿来并没想这件事。

他一看到我，身子稍微抬起一点，将手放进口袋里。我呢，很自然地捏紧了上衣口袋里雷蒙的手枪。他重新躺下，但是没有将手从口袋里抽出来。我离他相当远，有十来米。我隐约看见他半闭的眼皮之间不时闪动的目光。然而，最经常的却是他的模样在我眼前火热的空气中跳荡。浪涛声比中午更加绵软无力，更加微弱。这是同一个太阳，伸展到这里的同样的沙滩上同样的光芒。白日已经有两小时停滞不前，已经有两小时在沸腾的金属海洋里抛锚。天际有一艘小轮船经过，我从眼角隐约看到它的小黑点，因为我不停地望着阿拉伯人。

我想，我只要一转身，事情就结束了。但在烈日下颤动的整个海滩在我身后催逼着。我朝泉水走了几步。阿拉伯人没有动弹。尽管如此，他还是离得相当远。也许由于罩在他脸上的阴影，他好像在笑。我等待着。热辣辣的阳光照到我的脸颊上面，我感到汗珠聚集在眉毛上。这是与我埋葬妈妈那天同样的太阳，尤其是脑袋也像那天一样难受，皮肤下面所有的血管一齐跳动。由于我热得受不了，我往前走了一步。我知道这是愚蠢的，我挪一步摆脱不了阳光。但是，我还是迈了一步，仅仅往前迈了一步。这回，阿拉伯人虽然没有抬起身，却抽出他的刀，迎着阳光对着我。刀锋闪闪发亮，仿佛一把寒光四射的长剑刺中我的额头。这时，聚在我眉毛上的汗珠一下子流到眼皮上，蒙上一层温热的厚幕。我的眼睛在这种眼泪和盐织成的幕布后面看不见东西。我只感到太阳像铙钹似的罩在我额头上，闪烁的刀刃总是朦胧地对着我。这发烫的刀戳着我的睫毛，搅动我疼痛的眼睛。这时一切摇摇晃晃。大海吹来浓重而火热的气息。我觉得天宇敞开，将火雨直泻下来。我全身绷紧，手指在枪上一抽缩。扳机动了一下，我触摸到光滑的枪柄，这时，伴随着清脆而震耳的响声,一切开始了。我抖落汗水和阳光。我明白,我打破了这一天的平衡,打破了海滩不寻常的寂静,而我在那里是惬意的。我又朝着一动不动的尸体开了四枪,子弹打进去,没入其中。而我就像在不幸之门上短促地叩了四下。

第二部

一

　　我被捕之后,很快被审讯了好几次。但审问的是身份,时间不长。第一次是在警察局,我的案件似乎谁都不感兴趣。一星期后,预审推事却相反好奇地审视我。开始,他只是问了我的姓名、住址、职业、出生日期和地点。随后,他想了解我是否选择了律师。我承认没有,我问他,是不是绝对需要有一位律师。他说:"为什么这样问?"我回答,我感到我的案件很简单。他微笑着说:"这是一种看法,不过,法律就是法律。如果您不选择律师,我们会给您指定一个。"我感到,法院还管这种细碎的事,倒是与人方便。我对他说了这个意思,他表示赞同,下结论说,法律制订得很完善。
　　开始,我没有认真对待他。他是在一个挂着窗帘的房间里接待我的,他的办公桌上只有一盏灯,照亮了他让我坐下的扶手椅,而他自己却待在阴影里。我已经在书里看到过类似的描写,这一切我觉得是一场游戏。谈话之后,我反过来打量他,我看到他眉清目秀,蓝眼睛深陷,身材高大,留着长长的灰白髭须,浓密的头发几乎全白了。我觉得他通情达理,总的说来和蔼可亲,尽管有几下神经质的抽搐牵动他的嘴。我出来时甚至向他伸出了手,但我及时想起我杀了一个人。
　　第二天,一个律师到监狱里来看我。他又矮又胖,相当年轻,头发仔细地梳得平滑。尽管天热(我不穿外衣),他穿一套暗色西装，领子带颜色，领带古怪，有黑白两色的粗条纹。他把夹在胳膊下的皮包放在我的床上，自我介绍说，他研究了我的案卷。我的案件不好办，但是他不怀疑能胜诉，如果我信任他的话。我谢谢他，他对我说："我们触及问题的要害吧。"

他坐在床上，向我解释，已经对我的私生活做了调查。据悉，我的母亲最近在养老院去世。他到马朗戈做过一次调查。预审推事们得知我在妈妈下葬那天"表现得冷漠无情"。"您明白，"律师对我说，"这一点要问一下您，我有点为难。但是这很重要。如果我无言以对的话，这将成为起诉的一个重要依据。"他希望我帮助他。他问我那天我是不是很难过。这个问题令我十分惊讶，我觉得如果要我提出这个问题，我会十分为难。我回答，我有点失去回想往事的习惯，我很难给他提供情况。无疑，我很爱妈妈，但是这说明不了什么。凡是健康的人都多少期待他们所爱的人死去。说到这儿，律师打断了我，显得很激动。他要我答应不在法庭上，也不在预审法官那儿说这句话。但我向他解释，我有一种天性，就是肉体的需要常常搅乱我的感情。埋葬妈妈那天，我非常疲倦，又很困。以致我没有意识到发生的事。我能肯定说的，就是我更希望妈妈不死。可是我的律师没有显出高兴的样子。他对我说："这还不够。"

他沉吟一下。他问我，他能不能说这天我控制住我天生的感情。我对他说："不，因为这是假话。"他古怪地望着我，仿佛我使他感到一点厌恶。他几乎气势汹汹地对我说，无论如何，养老院院长和工作人员将会出庭作证，"这会使我下不了台"。我向他指出，这件事和我的案件没有关系，但他只回答我，显而易见，我和司法从来没有打过交道。

他很生气地走了。我本想留住他，向他解释，我希望得到他的同情，而不是得到更好的辩护，如果我可以这样表达的话，是得到合乎情理的辩护。尤其是我看到自己使他很不高兴。他不理解我，他有点怨恨我。我想向他断言，我像大家一样，绝对像大家一样。但这一切说到底并没有多大用处，而我也懒得去说。

不久，我又被带到预审推事面前。时间是下午两点钟，这一回，他的办公室照得很亮，但窗帘使光线变得柔和些。天气很热。他让我坐下，彬彬有礼地对我说，我的律师"由于临时有事"，不能来了。但我有权不回答他的问题，等待我的律师来帮助我。我说，我可以独自回答。他用手指按了一下桌上的一个电钮。一个年轻的书记进来，几乎就在我的背后坐下。

我们俩舒服地坐在扶手椅上。讯问开始。他首先对我说，人家把我描绘成一个生性沉默寡言和性格内向的人，他想知道我的想法。我回答："因为我没有什么可说的，所以我保持沉默。"他像第一次那样笑了笑，承认这是最好的理由，又说："况且，这无关紧要。"他住了口，望着我，突然又挺直身子，说得很快："令我感兴趣的，是您这个人。"我不太明白他说的是什么意思，便没有回答。他又说："在您的举动中，有些事我不明白。我确信您会帮助我弄清楚。"我说，一切都很简单。他催促我把那天的事给他再说一遍。我把给他讲过的事再描绘一遍：雷蒙、海滩、游泳、打架、又是海滩、小泉水、太阳和打了五枪。我每说一句，他都说："好，好。"当我说到躺在地上的尸体时，他赞同地说："好得很。"我呢，我厌倦了这样把同一个故事再说一遍，我觉得我从来没有说过这么多话。

沉默一会儿之后，他站起来，对我说，他想帮助我，他对我感兴趣，如果老天爷帮忙的话，他会为我做点事。但在这以前，他还想对我提几个问题。他开门见山，问我是不是爱妈妈。我说："是的，像大家一样。"一直在有节奏地打字的书记大概按错了键子,因为他打不下去了,不得不倒退回去。虽然表面上始终没有逻辑,推事又问我,是不是连续开五枪。我思索一下,确定我是先开一下,隔几秒钟再开其他四下。他于是说:"为什么您在第一次和第二次开枪之间要停顿一下?"我再一次看到红光满天的海滩,我感到炙热的太阳照在我的额头上。这一次,我没有回答。在随后的沉默中,推事看来十分激动。他坐下来,在头发中乱搔,双肘支在办公桌上,带着古怪的神态俯向我:"为什么,为什么您向躺在地上的身体开枪?"这一点,我也不知怎么回答。推事将手掠过额头,用有点变调的声音重复他的问题:"为什么?您必须给我说出来。为什么?"我始终保持沉默。

突然,他站了起来,大步走到办公室的一头,打开一个分档抽屉。他取出一个银十字架,一面挥舞着,一面朝我走来。他的声音完全变了,几乎颤抖着,大声说:"您认得这件东西吗?"我说:"当然认得。"于是,他说得很快,充满激情,说他信仰天主,他的信念是,任何人不会罪孽深重到天主不饶恕他,因此,人必须悔过,变成孩子那样,灵魂是空白的,准备接受一切。他整个身子俯向桌子。几乎在我头上挥舞十字架。说实在的,我跟不上他的推论,首先因为我感到热,在他的办公室有几只大苍蝇,它们停在我的脸上,也因为他使我有点恐惧。同时我认识到,这是可笑的,因为不管怎样,我是罪犯。但他继续在说。我差不多明白了,在他看来,在我的供词中,只有一点不清楚,就是等一下才开第二枪。其余的都很清楚,但这一点,他弄不明白。

我正要对他说,他执着于此是不对的:这最后一点没有这样重要。可是他打断了我,挺直了身子,最后一次劝告我,问我是不是信仰天主。我回答不信。他愤怒地坐了下来。他对我说这是不可能的，人人都信仰天主，甚至那些掉过头去不看天主的人也信。这是他的信念。如果他要怀疑这一点的话，他的生活就不再有意义。他叫着说："您想让我的生活没有意义吗？"照我看，这与我没有关系，我对他说了。但是他已经隔着桌子把基督受难十字架伸到我眼底下，失去理智地大声说："我呀，我是基督徒。我请求基督宽恕你的过错。你怎么能不相信他为你受苦呢？"我向他指出，他用"你"来称呼我，但我对这事已经厌倦了。房间里越来越热。像通常那样，当我想摆脱一个我不想听他说话的人时，我就装出赞成的样子。出乎我的意料，他得意扬扬地说："你看，你看，你也相信了吧？你要把真话告诉他了吧？"当然，我又说了一遍不信，他又跌坐在椅子上。

他的模样好像很累。半晌，他默默无言，这时，打字机不停地紧跟着这场对话，继续打着最后几个句子。然后，他仔细地、有点忧郁地注视着我。他喃喃地说："我从来没有见过像您这样冥顽不灵的人。来到我面前的罪犯，看到这受难像都痛哭流涕。"我就要回答，正因为他们是罪犯。但是我一想，我呢，我和他们一样。这个想法我无法习惯。这时，推事站了起来，仿佛他向我示意，审问结束了。他仅仅用同样有点疲乏的神态问我，我是不是对自己的行为感到后悔。我沉吟一下说，与其说真正后悔，还不如说我感到某种厌烦。我有印象，他不理解我。可是这一天，事情到此为止了。

后来，我经常看到这个预审推事。只不过，每一次，我都由我的律师陪伴着。他们只限于让我确认一下以前说过的话。要么推事和我的律师商议控告的罪名。但实际上，他们在这些时候根本不关注我的事了。无论如何，审问的调子逐渐变了。看来推事不再对我感兴趣，可以说他把我的案子归案了。他不再对我谈起天主，我再也没有见过他像第一天那样激动。结果是,我们的谈话变得更加真诚。提几个问题,和我的律师聊几句,审问就结束了。用推事本人的话说,我的案子正在进行。有时,当进行一般性交谈时,他们把我插进去。我开始呼吸舒畅。这种时候,没有人对我恶言相向。一切都是这样自然,这样妥善解决,扮演得这样有分寸,以致我有"属于一家人"的可笑印象。预审持续了十一个月,我可以说,我几乎惊讶,有不多几次令我感到未曾有过的快乐:推事把我送到他的办公室门口,热情地拍拍我的肩膀说:"今天到此为止,反基督先生。"于是他把我交到法警手里。

二

有些事情我从来不喜欢谈。我进监狱的时候，过了几天，我明白我不会喜欢谈论这一段生活了。

后来，我再也不感到这样反感有什么必要。实际上，头几天我没有感到真正在坐牢：我朦胧地在等待发生新的事件。只是在玛丽第一次，也是唯一的一次探监之后，一切才开始了。从我收到她的信那一天起（她对我说，人家不允许她再来了，因为她不是我的妻子），从这一天起，我感到我住的地方是牢房，我的生活在那里中止了。逮捕我那一天，先把我关在一个房间里，那儿已经有几个囚犯，大半是阿拉伯人。他们看到我就笑了。然后他们问我干了什么事。我说，我杀了一个阿拉伯人，他们默然无声了。但是，过了一会儿，夜幕降临。他们告诉我怎样铺席子，我可以躺在上面睡觉。把一头卷起来，就能做成一个枕头。整宵，臭虫在我脸上爬。几天后，把我单独关在一个牢房里，我睡在一个木板铺位上。我有一个马桶和一个铁脸盆。监狱位于城市的高处，我通过一个小窗，可以眺望到大海。有一天，我攀住铁栅，脸朝亮光，这时看守进来了，对我说，有人来探监。我想这是玛丽。果然是她。

到接待室去，我要穿过一条长走廊，然后是一道楼梯，再穿过另一条走廊。我走进一个大厅，由一个很大的窗洞采光。大厅分隔成三部分，两道大铁栅把长条的厅截开。两道铁栅之间，有八至十米的空间，隔开罪犯和探监的人。我看到玛丽身穿带条子的连衣裙，面对着我，她的脸晒得黝黑。我这一边，有十来个囚犯，大半是阿拉伯人。玛丽的周围都是摩尔人，左右两个女人，一个是嘴唇紧闭、身穿黑衣的小老太婆，一个是没戴帽子的胖女人，大声说话，指手画脚。由于两道铁栅之间的距离，探监者和囚犯不得不高声说话。我进来的时候，说话声传到一大片光秃秃的墙上又反射回来，强烈的光线从天空射到玻璃上，再洒满大厅，使我有点头昏眼花。我不得不停一下，才能适应。我终于清晰地看到几张脸，突现在明亮的光线中。我观察到一个看守站在两道铁栅之间的走廊尽头。大半阿拉伯囚犯和他们的家人都面对面蹲着。他们没有大叫大嚷。尽管声音嘈杂，他们说话声音很低，仍然能够互相听到。他们低沉的喃喃声从下面发出，在他们头顶交叉进行的谈话声中，仿佛形成一个通奏低音。这一切，我在朝玛丽走去时很快就注意到了。她已经贴在铁栅上，竭力朝我微笑。我感到她十分漂亮，但是我不会向她说出来。

"怎么样？"她大声对我说。

"就这样。"

"你好吗，你想要的东西都有吗？"

"挺好的，什么都有。"

我们沉默不语了，玛丽一直在微笑。胖女人朝我旁边的人吼着，这无疑是她的丈夫，一个目光坦率、金黄头发的大个子。这是一段已经开始的谈话的下文。

"让娜不想要他！"她声嘶力竭地叫着。

"是吗，是吗？"男人说。

"我对她说，你出来时会再要他的，但是她不想要他。"

玛丽在那边叫道，雷蒙问候我，我说："谢谢。"但是我的声音给旁边的人盖过了，他在问"他好吗"。他妻子笑着回答："他的身体从来没有这样好。"我左边是个矮小的年轻人，双手纤细，一句话不说。我注意到，他对面是个小老太婆，两个人紧张地对视着。可是我无法更长时间观察他们，因为玛丽对我喊道，要抱有希望。我说："是的。"与此同时，我望着她，渴望隔着裙子搂紧她的肩膀。我渴望触摸这精细的衣料，我不太清楚除此之外应该盼望什么。但这无疑正是玛丽想说的话，因为她始终微笑着。我只看到她牙齿的闪光和眼角的细纹。她又叫道："你会出来的，我们就结婚！"我回答："你以为我会出来吗？"不过，这是为了没话找话。于是她说得很快，声音始终很高：是的，我将被释放，我们还会去游泳。然而那个女人在那边叫道，她把一篮子东西留在书记室。她一五一十地数着放在篮子里的东西。一定要核对一下，因为所有这些东西很贵。我旁边的另一个人和他的母亲一直对视着。我们身子下方继续发出阿拉伯人的喃喃声。外边，阳光似乎越来越强地照在大窗子上。

我感到有点不舒服，我真想离开。嘈杂声使我难受。但另一方面，我还想多看看玛丽。我不知道过去了多少时间。玛丽对我谈起她的工作，她不停地微笑。喃喃声、叫喊声、谈话声混在一起。唯一的无声之处，是在我身边互相对视的这个矮小年轻人和这个老太婆的部位。阿拉伯人逐一被带走了。第一个人走后，几乎所有人都沉默起来。小老太婆挨近铁栅，与此同时，一个看守向她的儿子做了个手势。他说："再见，妈妈。"她将手从两根铁杆中间伸出去，对他做了个缓慢的拖长的手势。

她走的时候，一个男人进来，手里拿着帽子，取代了她的位置。有人带进来一个囚犯，他们谈得很热烈，不过压低声音，因为大厅重又变得安静起来。有人来叫我右边那个人，他妻子对他说话时没有降低声音，仿佛她没有注意到没有必要叫喊："好好照顾自己，要当心。"然后轮到我了。玛丽做出吻我的动作。我在走出去之前，回过身去。她一动不动，面孔压在铁栅上，带着痛苦不堪、肌肉收缩的同样微笑。

不久，她给我写信。正是从这时起，我再也不喜欢讲的事开始了。无论如何，根本不需要夸大，对我来说，这比其他事更容易做。在我被监禁的开初，最难以忍受的是，我有自由人的想法。比如，我想去海滩，朝大海走去。我想象最先冲到我脚下的海浪发出的响声，身体淹没到水里以及在水里感到的解脱，我突然觉得，监狱的大墙围得多么紧。但这种感觉只持续了几个月。接下来我只有囚犯的想法。我等待着每天在院子里的放风或者我的律师的访问。我安排好其余的时间。我时常想，如果有人让我生活在枯树干里，没有别的事，只望着我头顶上天空的花卉图案，我会逐渐习惯的。我会等待鸟儿飞过或者浮云相接，就像我在这里等待我的律师奇特的领带，就像我耐心等待在另一个世界的星期六拥抱玛丽的身体。然而，仔细考虑过以后，我不是在枯树中。还有比我更不幸的人。再说，这是妈妈的一个想法，她常常一再这样说，人最后会习惯一切。

再者，我一般不会走得这样远。最初几个月很难熬。正是我不得不做出的努力帮助我熬过来了。譬如，想女人折磨着我。这是很自然的，我还年轻。尤其是我从来不想玛丽。但我这样想有个女人，想一般的女人，想所有我认识的女人，想我爱她们的所有场合，以致我的牢房充塞着所有的面孔，填满了我的欲望。在某种意义上，这使我精神失常。而在另一种意义上，这是消磨时间。我终于得到了看守长的好感，他在开饭时和厨房的伙计一起过来。是他先同我谈起女人。他对我说，这也是其他人抱怨的第一件事。我对他说，我像他们一样，我感到这种待遇不公正。他说："可是，正是为了这个让您坐牢。"

"怎么，为了这个？"

"是啊，自由，就是这个。您被剥夺了自由。"

我从来没有想到这一点。我同意他的看法，我对他说："不错，否则，会惩罚什么呢？"

"是的，您明白事理。其他人不明白。不过，他们最终会自我宽慰。"说完，看守走了。

香烟也是个问题。我进监狱时，拿走了我的腰带、鞋带、领带和我口袋里的所有东西，特别是香烟。有一次，在牢房里，我要求他们把这些东西还给我。也许正是这个最使我沮丧。我从床板上拽下几块木头来吮吸。我整天持续地恶心。我不明白为什么剥夺我这样东西，这又不伤害任何人。后来，我明白了，这属于惩罚的一部分。但从这时起，我已习惯了不再抽烟，对我来说，这已不再称其为惩罚了。

除了这些烦恼，我不算太不幸。全部问题再一次是怎样消磨时间。从我学会回忆时起，我终于不再烦恼了。我有时想起我的房间，在想象中，我从一个角落想起，在脑子里列举所有一路想到的东西。开始，很快就想完了。每当我重新开始时，就想得长一点。因为回忆起每一件家具，便想起家具上的每一样东西，每一样东西的所有细部，细部本身的镶嵌、裂纹或者缺口，家具的颜色或者木头纹理。同时，我竭力不让这份清单断线，所有的东西都数全。结果，几星期以后，只消数一数我房间里的东西，我便可以消磨几个小时。因此，我越是回想，从我记忆中冒出来的不熟悉和被遗忘的东西就越多。于是我明白，一个人只要生活过一天，就可以在监狱里毫无困难地生活一百年。他会有足够的东西回忆，消除烦恼。在某种意义上，这倒是有好处的。

还有睡眠。开始，夜里我睡不好，白天根本睡不着。逐渐地我晚上睡得好了，白天也能睡觉。我可以说，最近几个月，我一天睡十六到十八个小时。剩下六小时用来吃饭、大小便、回忆和阅读捷克人的故事。

在草褥子和床板之间，我找到一片旧报纸，几乎贴在布上，已发黄、泛白。上面记载着一件社会新闻，开头部分残缺了，事情应该发生在捷克。有个男子来自捷克的一个村子，想发财致富。二十五年以后，他发了财，带着妻子和一个孩子回来。他的母亲和他的妹妹在他家乡开了一个旅店。为了让她们惊喜，他把妻子和孩子放在另一个地方，自己到母亲开设的旅店去，他到来的时候，他母亲没有认出他来。他出于开玩笑，开了一个房间。他露出自己的钱。夜里，他的母亲和他的妹妹用斧头把他砍死了，偷走他的钱，把他的尸体扔到河里。早上，他的妻子来了，无意中透露了这个旅客的身份。母亲上了吊。妹妹投到一口井里。①我千百次看过这个故事。一方面，它不真实，但是另一方面，它很自然。无论如何，我感到这个旅客是自作自受，他绝对不该耍把戏。

这样，睡眠、回忆、看这段社会新闻，昼夜交替，时间过去了。我在书里看到过，在监狱里，最终要失去时间概念。但是这对我没有太多的意义。我不明白，到什么程度日子会变得既长又短。无疑，过起来觉得长，但日子最后膨胀到彼此重叠。它们失去了自己的名

---

① 加缪后来在剧本《误会》中写的就是这个故事。

称。对我来说，只有昨天或者明天还保留一点意义。

有一天，看守对我说，我在狱里已经五个月了，我相信他的话，但我不明白他的意思。对我来说，在我的牢房里不断地展开的是同一天，我做的是同一件事。这一天，在看守走了以后，我对着铁碗照照自己。我觉得我的形象仍然是很严肃的，即使我竭力对着它微笑。我在面前晃动一下碗。我微笑一下，它保留同样的严肃和忧郁的神态。白日已尽，这是我不想提到的时刻，无以名之的时刻，这时，夜晚的嘈杂声从一片寂静的监狱的每一层升上来。我走近天窗，借着落日余晖，我再一次凝视我的映像。它始终是严肃的，既然我此刻是这样的，又有什么值得惊讶的呢？但同时，几个月来我第一次清晰地听到自己的嗓音。我认出这是长久以来在我耳边响起的声音，我明白了，在这段时间里我都是独自说话。于是我记起妈妈下葬那天，护士对我说的话。不，没有出路了，没有人能够想象监狱里的夜晚是怎样的。

三

我可以说，其实夏天很快就取代了另一个夏天。我知道，刚一转热，对我来说，新情况就会倏然而至。我的案件已经被列入重罪法庭最后一次开庭的议题，这次开庭在六月底结束。辩论进行的时候，外面太阳当空照。我的律师向我保证，辩论不会超过两三天。他又说："况且，法庭事务很多，因为您的案件不是这次开庭最重要的一件。随即要审理一件弑父案。"

早上七点半，有人来提我，囚车将我押送到法院。两名法警押着我进入一个阴暗的小房间。我们坐在门边等候，在门后可以听到说话声、叫唤声、椅子挪动声、家具搬动声，这令我想起街区的节日，音乐会之后，收拾大厅，准备跳舞。法警对我说，要等待开庭，其中一个递给我一支香烟，我拒绝了。过了一会儿，他问我"是不是害怕"。我回答不害怕。甚至在某种意义上，我有兴趣看审理案件。我平生没有机会看过审案。第二个法警说："是的，不过最后也看得腻了。"

不久，房间里的一只小电铃响起来。于是他们给我摘下手铐，他们打开门，让我走到被告席上。大厅里人头爆满。尽管挂着窗帘，有些地方还是有阳光射进来，空气已经闷得令人透不过气。窗户紧闭。我坐了下来，法警看守着我。这时，我才看见我前面是一排面孔。大家都望着我：我明白，这是陪审员。但是我说不出他们有什么区别。我只有一个印象：我面前是电车上的一排长椅，所有这些不知名的旅客盯着看新上来的人，想发现有什么可笑的地方。我知道这是一个荒谬的想法，因为这儿，他们寻找的不是可笑的东西，而是罪行。然而，区别并不大，不管怎样，我有这种想法。

在这个门窗紧闭的大厅里，所有这些人也使我有点头晕脑涨。我又望着法庭，我分辨不清任何一张脸。我认为，首先是我没有想到大家急于看我。平时别人不注意我这个人。我需要使劲才明白，我是全场骚动的缘由。我对法警说："人真多！"他回答我，这是由于报纸的缘故，他指给我看，坐在陪审员席位下面桌子旁的一群人。他对我说："他们在那儿。"我问："他们是谁？"他再说一遍："报馆的人。"他认识其中一个记者，这个记者这时看到了他，朝我们走来。这个人已经上了年纪，和蔼可亲，脸有点古怪。他热烈地握住法警的手。这时我注意到，大家像在一个俱乐部里相遇、打招呼、谈话，很高兴遇到同一圈子里的人。我也明白我是多余人，有点像闯入者一样的古怪感觉。不过记者微笑着和我说话。他对我说，他希望一切朝对我有利的方向发展。我谢谢他，他又说："您知道，我们有点炒作您的案件。夏天，对报纸来说是个淡季。只有您的事和那件弑父案值得张扬。"然后他指给我看，在他刚离开的那群人中，有一个小老头，活像一只肥鼬，戴一副黑框大眼镜。他告诉我，这是巴黎的一份报纸的特派记者："不过，他不是为您而来的。由于他要负责报道弑父案，报馆要求他同时把您的案件发回去。"说到这儿，我几乎要感谢他。但是我想，这会很可笑。他对我做了一个友好的手势，离开了我们。我们还要等几分钟。

我的律师来了，穿着法衣，周围有许多同行。他向记者走去，同他们握手。他们在说笑，样子完全自由自在，直到法庭上铃声响起。大家回到原位。我的律师向我走来，握了握我的手，建议我简短地回答向我提出的问题，不要采取主动，其他的就揽在他身上。

我听到左边有一张椅子往后移的声音，我看到一个高而瘦的人，身穿红色法衣，戴着夹鼻眼镜，坐下时仔细地理顺袍子。这是检察官。一个执达吏宣布开庭。与此同时，两个大电扇开始呼呼地响起来。三个法官中有两个身穿黑色法衣，第三个穿红色法衣，拿着卷宗走进来，快步朝高踞于大厅之上的法官席位走去。穿红色法衣的人在正中的椅子上坐下，将帽子放在前面，用手绢擦拭小小的秃顶，宣布开庭。

记者手里已经拿好钢笔。他们的神态都漠不关心，显出有点儿讥笑的样子。但他们当中的一个要年轻得多，身穿灰色法兰绒衣服，戴一条蓝领带，钢笔放在前面，望着我。在他有点儿不匀称的脸上，我只看到两只十分明亮的眼睛在专注地观察我，表达的含义不可捉摸。我有一种自我观察的古怪感觉。也许是为了这个，也因为我不了解当地的习俗，我不是十分明白随后发生的一切，如陪审员的抽签，庭长向律师、检察官和陪审团提出的问题（每一次，陪审员的脑袋都同时转向法庭）、迅速地念起诉书（我听出一些地名、人名）、向我的律师重新提问题。

庭长说就要传讯证人。执达吏念了一份名单，名单引起我的注意。从刚才未最后固定的听众中，我看到一个接一个听众站起来，从边门出去，他们是养老院的院长和门房、老托马斯·佩雷兹、雷蒙、马松、萨拉马诺、玛丽。玛丽对我做了个不安的表示。我很惊讶没有早些看到他们，这时，塞莱斯特最后一个听到叫他的名字，站了起来。我在他身旁看到餐馆的那个善良的小女人，她穿着那件收腰上装，神态果断而坚定。她紧张地望着我。但是我来不及思索，因为庭长说话了。他说,真正的辩论就要开始,他认为没有必要嘱咐听从保持安静。据他看来,他的职责是不偏不倚地主持辩论,这宗案件他要客观地对待。陪审团做出的判决要本着公正的精神,无论如何,一旦出现事故,他将宣布闭庭。

大厅的温度在升高,我看到在场的人用报纸扇起来。这就产生纸张摩擦的持续的沙沙声。庭长做了个手势,执达吏拿了三把草蒲扇,三个法官马上使用起来。

审讯立即开始。庭长平静地,甚至我觉得带着一点真诚地向我提问。他仍然让我说出自己的名字,尽管我很厌烦,我仍然想,说到底这是很自然的,因为把这个人当成另一个人,问题就太严重了。然后庭长又开始叙述我所做的事,每念三句话就问我一声:"是这样吗?"每次我都按照我的律师的吩咐回答:"是的,庭长先生。"时间持续很久,因为庭长叙述得很细。这段时间里,记者一直在写。我感觉到他们当中最年轻的那一个和那个木头似的小女人的目光。电车长椅上的所有人都转向庭长。庭长咳嗽,翻看案卷,一面扇着扇子,一面转向我。

他对我说,现在要接触到的问题表面看来与我的案件无关,但也许切中要害。我明白,他又要谈到妈妈,我同时感到这使我非常头痛。他问我为什么把妈妈送到养老院。我回答,这是因为我没有钱,雇不起人照看她。他问我,就个人而言,这是不是使我心里很难过,我回答,无论妈妈和我,我们都不期待彼此得到什么,也不期待从任何人那里得到什么,我们俩都已习惯我们的新生活。庭长于是说,他不想强调这一点,他问检察官是不是有别的问题要向我提问。

检察官朝我半转过背来,也不看我,表示他得到庭长的允许,想知道我独自回到泉水边,是不是企图杀死阿拉伯人。我说:"不是。""那么,为什么带着武器,又为什么正好回到这个地方?"我说,这是出于偶然。检察官带着不是味儿的口吻说:"暂时就是这些。"接下来的一切有点乱糟糟,至少对我来说是这样。经过一番秘密磋商之后,庭长宣布休庭,听取证词改在下午进行。

我没有时间思考。他们把我带走,让我登上囚车,来到监狱,我在那里吃饭。不久,刚好我感到累了,有人来提取我;一切又重新开始,我来到同一个大厅,面对同样的面孔。只不过热得多了,仿佛出于奇迹,每个陪审员、检察官、我的律师和几个记者都拿着草蒲扇。年轻记者和小女人始终在那里。但是他们不摇扇子,仍然默默地望着我。

我擦掉满脸的汗水,只是听到叫养老院院长时,我才有点重新意识到在什么地方和我自己。他们问他,妈妈是不是抱怨我,他说是的,不过,养老院的人埋怨亲人差不多是通病。庭长让他证实,妈妈是不是责备我把她送进养老院,院长仍然回答是的。但这一回,他没有补充什么。对另外一个问题,他回答,在下葬那天,他对我的平静感到很惊讶。他们问他,平静是什么意思。院长这时看着鞋尖,说我不想看妈妈,我没有哭过一次,下葬以后,我没有在妈妈的坟前默哀,马上就走了。有一件事更令他吃惊:有个殡仪馆的职员告诉他,我不知道妈妈的岁数。一时寂然无声,庭长问他,说的就是我吗?由于院长不明白这个问题,他便说:"法律要求明确。"然后庭长问检察官有没有问题向证人提出,检察官大声说:"噢!没有,足够了。"声音这样响亮,用得意扬扬的目光望着我,使我多年来第一次愚蠢地想哭,因为我感到所有这些人是多么憎恨我。

庭长问过陪审团和我的律师,有没有问题要向我提出,然后听了门房的证词。对他和对其他人一样，重复同样的一套。门房到法庭时，看了看我，就掉转目光。他回答了对他提出的问题。他说，我不想看妈妈，我抽烟，我喝牛奶咖啡。这时我感到有什么东西使整个大厅骚动起来，我第一次明白我是有罪的。他们又让门房再说一遍牛奶咖啡和抽烟的事。检察官望着我，目光带着一丝讽刺的闪光。这时，我的律师问门房，他有没有和我一起抽烟。但检察官猛然站了起来，反对提这个问题："这里谁是罪犯？目的在于反诬证人，减弱证词力量的做法是何居心？但证词并不因此而减少压倒的力量！"尽管如此，庭长还是让门房回答问题。老头尴尬地说："我知道我错了。但是我不敢拒绝这位先生递给我的香烟。"最后，他们问我有什么要补充的。我回答："没有，只不过证人说得对。我确实给了他一支烟。"于是门房有点惊诧和感激地望着我。他犹豫不决，然后说，是他给了我牛奶咖啡。我的律师大声嚷嚷，得意扬扬，说陪审员对这一点会加以重视的。但是检察官在我们的头顶上发出雷鸣般的声音，他说："是的，诸位陪审员会重视的。他们会下结论，一个外人可以提议喝咖啡，但是一个儿子面对生下他的妈妈的遗体，应当拒绝。"门房回到他的座位。

轮到托马斯·佩雷兹时，一个执达吏不得不搀着他走到证人席上。佩雷兹说，他主要是认识我的母亲，他只见过我一次，就是在下葬那一天。他们问他，那一天我做过什么，他回答："你们明白，我呢，我太难过了。所以我什么也没有看见。是痛苦妨碍我看东西。因为对我来说，这是莫大的痛苦。我甚至晕倒了。那时，我无法看到这位先生干什么。"检察官问他，至少他是不是看到我哭泣。佩雷兹回答说没看见。检察官于是说："诸位陪审员会重视的。"我的律师发火了。他用一种我觉得过火的语气问佩雷兹，他是否看到了我没有哭。佩雷兹说："没看到。"听众笑了。我的律师撸起一只袖管，用不容置辩的语气说："这就是这个案件的形象，一切是真的，又没有什么是真的！"检察官沉下脸来，用铅笔戳着案卷的标题。

五分钟休庭时，我的律师对我说，一切进展顺利；休庭后，听了塞莱斯特的辩护，他是被告方叫来的。被告方就是我。塞莱斯特不时将目光投向我，在手里卷着一顶巴拿马草帽。他穿着一套新西装，有几个星期天，他穿着这套衣服和我一起去看赛马。但我认为他那时没有戴硬领，因为他只有一只铜纽扣吊着他的背钮式的衬衫。他们问他，我是不是他的顾客，他说："是的，但也是一个朋友。"问他怎样看我，他回答我是一个男子汉；问他这是什么意思，他说大家都知道这是什么意思；问他是不是注意到我很内向，他只承认我不会没话找话。检察官问他，我是不是按期交纳房租。塞莱斯特笑了，说道："这是我们之间的私事。"他们还问他，他对我的罪行有什么看法。于是他将手放在栏杆上，可以看到他有所准备。他说："对我而言，这是不幸。不幸，大家都知道是什么。这让您毫无设防。唉！对我而言，这是不幸。"他还在说下去，但检察官对他说，很好，感谢他。于是塞莱斯特有点愣住了。不过他表示他还想说话。他们让他简短些。他仍然一再说这是不幸。庭长对他说："是的，这是当然。但我们在这里是为了评判这一类不幸。我们谢谢您。"仿佛他的学识和善意到此为止。塞莱斯特于是朝我转过身来。我觉得他的眼睛在闪烁，他的嘴唇在颤抖。他的样子像在问我，他还能做什么。我呢，我什么也没说，没做一个手势，但我是生平第一次想拥抱一个男人。庭长又催促他离开辩护席。塞莱斯特走到旁听席坐下。在余下的时间里，他一直坐在那里，身子有点前倾，手肘支在膝盖上，手里拿里巴拿马草帽，倾听法庭上所说的话。玛丽进来了。她戴着帽子，仍然很漂亮。但是我更喜欢她头发披散。从我坐的地方，我捉摸出她乳房的轻盈，我看出她的下嘴唇总是有点肿胀。她好像很紧张。法官随即问她，她什么时候认识我。她说是在我们公司工作的时候。庭长想知道她和我是什么关系。她说她是我的朋友。对另外一个问题，她回答她确实应该嫁给我。检察官在翻阅一个案卷，突然问她，我们什么时候发生关系的。她说出日期。检察官淡然地指出，这是在妈妈去世后的第二天。然后他带着一点讽刺说，他不想强调一种微妙的处境，他明白玛丽的顾虑，但是（说到这里，他的语气变得更加强硬）他的责任要他处于礼仪之上。因此，他请玛丽概述一下我遇见她那一天的情况。玛丽不想说，但在检察官的坚持下，她讲了我们去游泳，去看电影，回到我家。检察官说，根据玛丽在预审中所说的话，他查阅了那一天的电影节目，他又说，玛丽本人会说那天放什么电影。她用几乎失真的声音说，这是一部费南代尔的片子。她说完后，大厅里鸦雀无声。检察官站了起来，非常庄重，我感到他的声音确实很激动，用手指着我，缓慢地一板一眼地说："诸位陪审员，他的母亲去世后的第二天，这个人去游泳，开始不正常的关系，去看一部喜剧片，开怀大笑。我没有什么要对您说的了。"他坐下来，大厅里始终鸦雀无声。但玛丽突然呜咽起来，说不是这样的，还有别的事，别人强迫她说违心话，她很熟悉我，我没做什么坏事。庭长做了个手势，执达吏把她带走了，庭审继续进行。

　　大家几乎不听马松的证词，他说，我是一个正直的人，"更进一步，我是一个老好人"。大家也几乎不听萨拉马诺的证词，他回忆说，我对他的狗很好，关于我母亲和我，他回答说，我和母亲无话可说，正因此，我把母亲送到养老院。他说："应该理解，应该理解。"但是没有人显出理解。把他带走了。

然后轮到雷蒙,他是最后一个证人。雷蒙向我点点头,他马上说我是无辜的。可是庭长说,法庭要的不是赞赏,而是事实。他请他等待问题再回答。他们让他确定他和受害者的关系。雷蒙利用这个机会说受害者恨的是他,因为他打了他姐妹的耳光。庭长问他,受害者有没有理由恨他。雷蒙说,我来到海滩是偶然的。检察官于是问他,惨剧起因的那封信,怎么会是由我写成的。雷蒙回答,这是偶然的。检察官反驳说,偶然在这件案子里已经对良心产生很多坏作用。他想知道,当雷蒙打他情妇耳光的时候,我是不是出于偶然去干预,我是不是出于偶然到警察局去作证,在作证时我的话是不是也出于偶然,纯粹是讨好。最后,他问雷蒙,他靠什么生活,由于雷蒙回答"仓库管理员,"检察官便对陪审员说,证人干的是权杆儿的行当。我是他的同谋和他的朋友。这是一件最低级的卑劣的惨剧,由于牵涉到一个道德上的魔鬼而变得更加严重。雷蒙想辩解,我的律师表示抗议,但是庭长对他们说,要让检察官说完。检察官说:"我没有多少东西要补充了。他是您的朋友吗?"他问雷蒙。雷蒙说:"是的,他是我的伙伴。"检察官于是向我提出同一个问题,我望着雷蒙,雷蒙没有掉转目光。我回答:"是的。"检察官于是转身对着陪审团,说道:"同一个人,在母亲去世后的第二天去过最可耻的堕落生活,出于微不足道的理由和了结一件可耻的桃色事件而去杀人。"

他坐了下来。我的律师忍无可忍,举起手臂叫起来,袖管落下来,露出上过浆的衬衫:"他究竟是被控埋葬了母亲,还是杀了一个人?"听众笑了起来。但检察官又站起来,拉紧他的法衣,说是真得有这位可敬的辩护人的睿智,才不会感到这两件事之间有着深刻的、感人的、本质的联系。他使劲地大声说："是的，我指控这个人带着一个罪犯的心埋葬他的母亲。"这番话看来对听众产生巨大影响。我的律师耸耸肩，擦拭布满额头的汗。他本人显得动摇了，我明白，事情对我不利。

　　庭审结束。从法院出来登上囚车时，短时间我又感到夏夜的气息和色彩。在囚车的黑暗中，我仿佛从疲倦的内心深处，又一一感到我所热爱的城市所有熟悉的嘈杂声，有些时候，我感到心满意足，会听到这些嘈杂声。在轻松的空气中卖报人的喊声，街心公园里最后一批鸟儿的鸣声，卖三明治的吆喝，电车在城市高处拐弯的吱嘎声，黑夜在港口上空逡巡之前天空的闹嚷声，对我来说重新组成一条盲人的行走路线，那是我在入狱之前非常熟悉的。是的，这是很久以前我感到心满意足的时刻。那时等待我的，总是轻松的不做梦的睡眠。但有些事已经起了变化，因为我回到了牢房，等待着第二天。仿佛在夏日的天空中画出的熟悉道路，既可以通到监狱，也可以通到洁净无罪的睡眠。

四

即使是坐在被告席上,听别人谈论自己也是很有意思的。在我的律师和检察官辩论时,我可以说,别人谈我谈得很多,也许更多的是我,而不是我的罪行。况且,他们的辩论果真区别很大吗?律师举起手臂,作认罪辩护,不过表示遗憾。检察官伸出他的手,揭露罪行,但毫不容情。可是有一件事令我隐约感到难堪。尽管我很担心,有时我还是想参与。这时我的律师对我说:"别说话,这对您的案件更有利。"可以说,他们好像谈论这个案件时把我撇在一边。所有的事在我没有参与之下进行,我的命运在不征求我的意见下决定了。我不时想打断大家说:"被告究竟是谁?被告也是很重要的。我有话要说。"但经过考虑,我还是什么也没说。此外,我应该承认,对别人关注的兴趣不会持续很长时间。比如,检察官的辩说很快就使我厌倦了。只有那些偏离全局的片段、手势或者整段空话使我印象强烈,或者唤起我的注意。

如果我理解清楚的话,他的思想实际上认为我犯罪是有预谋的。至少他力图指出这一点。就像他自己所说的那样:"诸位,我要做出证明,我要提出双重的证据。首先是明明白白的事实,然后是这个罪恶灵魂的心理向我提供的隐约启示。"他从妈妈去世开始,概述事实。他列举我的冷漠、我不知道妈妈的岁数、第二天同一个女人去游泳、看费南代尔的电影,最后,和玛丽回到我家。这时,我花了点时间去理解他的话,因为他说"他的情妇",对我而言,她只是玛丽。随后,谈到了雷蒙的事。我感到他观察事情的方式不乏亮点。他说的话差强人意。我和雷蒙合谋写信,把他的情妇引出来,让她受到一个"品德可疑"的男人虐待。我在海滩向雷蒙的几个对头挑衅。雷蒙受了伤。我问他要手枪。我独自返回,然后开枪。我击倒了阿拉伯人,就像我预谋的那样。我等待时机。"为了有把握干得干净利索",我又沉着地、确定地、可以说深思熟虑地开了四枪。

"诸位,就是这样,"检察官说,"我给你们勾画出整个事件,怎样导致这个人在很了解事实的情况下杀人。我强调这一点。因为这不是一件普通的杀人案,不是一件未经思考的、你们可以认为因情况而减轻罪行的行为。这个人,诸位,这个人是聪明的。你们听他说过话,不是吗?他善于回答问题。他了解每个字的分量。因此不能说他行动时没有意识到自己所做的事。"

我呢,我在谛听,我听到有人说我聪明。但是我不太明白,一个普通人的优点会变成不利于罪犯的压倒性罪名。至少,正是这个使我惊讶,我不再听检察官讲话,直到我听到他说:"他表示过悔恨吗?从来没有,诸位。在预审时,这个人一次也没有对他犯下的可恶罪行显出过激动。"这时,他转向了我,用手指着我,继续对我严词指责,而实际上我却不明白为什么。无疑,我禁不住承认,他说得对。我对自己的行为不太后悔。可是,那样声色俱厉却令我惊奇。我本想向他真诚地、几乎是友好地解释,我从来不会真正后悔做过的事。我总是关注今天或明天将要发生的事。当然,在我眼下的情况,我不能用这种调子说话。我没有权利表现出亲热,表现出有善良的意愿。我想听下去,因为检察官开始谈起我的灵魂。

他说,诸位陪审员,他探索过我的灵魂,什么也没有找到。他说，说白了，我根本没有灵魂，没有任何人性的东西，没有一点守卫人心的道德准则是与我相接近的。"无疑，"他补充说，"我们不会为此责备他。他不会接受的东西，我们不能抱怨他缺乏。但是，现在牵涉到法庭，宽容所具有的全部消极性，应该变成司法虽然不容易做出但更加高一级的效能。尤其在这个人身上所发现的心灵空虚，变成一个社会可能陷入的深渊的时候。"正是这时，他谈到我对妈妈的态度。他重复他在辩论中说过的话。但是要比谈到我的罪行时的话多得多，长得我最后只感到上午的炎热。至少，直到检察官停止不说，沉默半晌，他又用很低沉和确信不疑的声音说："诸位，就是这个法庭，明天将要审讯十恶不赦的罪行：弑父罪。"据他看来，无法想象这种令人发指的杀人罪。他斗胆希望，人类司法要毫不手软地惩罚。可是，他不怕说出来。这件罪行在他身上引起的憎恶，比起我的冷漠使他感到的憎恶，几乎相形见绌。据他看来，一个在精神上杀害母亲的人，和一个亲手杀死父亲的人，都是以同样罪名自绝于人类社会。无论如何，前者是为后者的行动做准备，可以说他预示了这种行动，使之合法化。"我深信这一点，诸位，"他提高了声音又说，"如果我说，坐在审判席上的这个人和法庭明天要审判的那个杀人犯罪行相等，你们不会感到我的想法过于大胆。因此，他也应该受到惩罚。"说到这里，检察官擦拭他汗水涔涔的脸。最后他说，他的责任是令人痛苦的，但是他要坚决完成它。他宣称，我与一个我连最基本的法则都不承认的社会毫无干系，我不会求助于人心，因为我不知道人心的基本反应。他说："我向你们要这个人的脑袋，我这样请求时，心情是轻松的。因为在我漫长的生涯中，我提出施行极刑，从来没有像今天这样感到这艰难的责任得到报偿、获得平衡和受到启发，我意识到紧迫而神圣的命令，面对这张只看到狰狞表情的人脸，我感到憎恶。"

　　检察官重新坐下，大厅长时间沉寂无声。我呢，我因又热又惊讶而头昏脑涨。庭长咳嗽一下，用很低沉的声音问我，有什么话要补充。我站了起来，由于我很想说话，不过我有点随兴之所至，说我并没有想杀死阿拉伯人的意图。庭长回答，这是肯定的，又说他至今还抓不住我这套刻板辩护的要领，他很高兴在听取我的律师辩护之前，让我明确我行动的动机。我说得很快，有点儿语无伦次，并且意识到自己的可笑，说是由于太阳的缘故。大厅里响起一片笑声。我的律师耸耸肩，旋即让他讲话。但他说时间已晚，他要讲好几小时，他请求改在下午。法庭同意了。

　　下午，大电扇仍然在搅动大厅沉浊的空气，陪审员五颜六色的小扇子都朝同一个方向摇动。我觉得我的律师的辩护没完没了。有一会儿，我听到他说："没错，我是杀了人。"然后，他继续用这种口吻说下去，每当他提到我时用的是"我"。我惊诧莫名，我俯向一个法警，问他这是为什么。他让我别说话，过了一会儿，他说："所有律师都是这样说的。"我呢，我想，这是让我避开案件，把我减低到零，在某种意义上是取代我。但我认为，我已经远离这个法庭。再说，我觉得我的律师很可笑。他很快为挑衅做辩护，然后也谈到我的灵魂。但是我觉得他远没有检察官的才能。他说："我呀，我也俯向这颗灵魂，但和检察院的杰出代表相反，我发现了某些东西，我可以说，我看得清清楚楚。"他看到我是一个正直的人，一个一丝不苟、不知疲倦、忠于雇用他的公司、受到大家喜欢、同情别人困苦的职员。对他来说，我是一个模范的儿子，尽可能持久地抚养母亲。最后，我希望养老院能给老太太我无法使她得到的舒适。"诸位，我很奇怪，"他又说，"关于养老院的事众说纷纭。说到底，如果要证明这类设施的用处和出色的地方，那就必须说，是国家给予资助的。"不过他没有谈到下葬，我感到他的辩护中缺少这部分。由于这些长而又长的句子，没完没了的一天天、一小时又一小时，谈论的都是我，我感觉到一切变成一片无色的水，把我弄得头昏目眩。

最后，我仅仅记得，正当我的律师不停地说，从街上越过一个个大厅和法庭，一个卖冰的小贩的喇叭声一直传到我的耳边。我突然想起不属于我的那种生活，不过，我却在这种生活中找到最可怜和最持久的快乐：夏天的气息、我热爱的街区、傍晚的某种天空、玛丽的笑声和裙子的窸窣声。人在这个地方所做的无用的一切，于是涌上我的喉咙，我只想赶快结束这场审讯，回到我的牢房睡觉。我几乎听不到我的律师最后大声说，各位陪审员不会希望把一个因一时迷乱而失足的正直职员送上刑场，并要求减轻罪刑，我对犯罪已经永无休止地后悔，这是最确定无疑的惩罚。法庭休庭，律师精疲力竭地坐下。他的同事们围过来和他握手。我听到："好极了，亲爱的。"其中一个甚至拉我作证，对我说："是吗？"我表示同意，但我的赞扬并不真诚，因为我太累了。

外面天色已晚，天气不那么热了。从我听到的街上的嘈杂声，我捉摸出傍晚的温馨。我们大家都在等待。我们一起等待的只关系到我一个人。我仍然望着大厅。一切都和第一天一样。我遇到穿灰色上衣的记者和木头人似的女人的目光。这使我想起，在整个审讯过程中，我没有用目光寻找玛丽。我没有忘记她，可是我要做的事太多了。我看到她待在塞莱斯特和雷蒙中间。她向我点点头，仿佛说："总算结束了。"我看到她的脸微笑着，却有点忧虑不安。但我感到我的心已经封闭了，我甚至无法回应她的微笑。

复庭了。很快，检察官向陪审员们念了一连串问题。我听到

"杀人犯"……"有预谋"……"减轻罪行"。陪审员出去了,他们把我带到我原来在那里等待的小房间。我的律师过来和我待在一起:他滔滔不绝地以从来没有过的信任和热情和我说话。他认为一切顺利,我只要坐几年监牢或者服几年苦役就可以了结此案。我问他,一旦判决不利,是不是有上诉最高法院的机会。他对我说没有。他的策略是不要提出当事人的意见,免得让陪审团不满。他向我解释,不能这样无缘无故地不服判决,向最高法院上诉。我觉得这是显而易见的,我信服他的理由。冷静地考虑一下,这是当然的事。否则,就白费太多的状纸了。"无论如何,"我的律师说,"向最高法院上诉是可以的。但是我深信判决有利。"

我们等了很长时间,我想有三刻钟。随后,铃声响了。我的律师离开我时说:"庭长要宣读答复。您要到宣读判决时才进去。"一阵门响。人们在楼梯上奔跑,我不知道他们是跑过来还是离开。然后我听到一个低沉的声音在大厅里宣读什么。铃声又响起来,通向被告席的门打开了,大厅的寂静直通到我这里,一片寂静,我看到年轻记者把目光转开时有一种古怪的感觉。我没有朝玛丽那边张望。我没有时间,因为庭长以一种奇特的方式对我说,我要以法国人民的名义在公共广场上被斩首。这时我才认出在所有人脸上看到的情感。我相信这就是尊重。法警对我十分温和。律师把手放在我的手腕上。我什么也不去想。庭长问我还有什么话要说。我考虑一下说:"没有。"于是他们把我带走。

五

　　我第三次拒绝接待指导神父。我没有什么要对他说的，我不想说话，我很快又会再见到他。眼下令我感兴趣的，是要避开机械的一套，是想知道不可避免的事能不能有转机。他们给我换了牢房。在这个牢房里，我躺下时能看到天空，而且只看到天空。我整天望着天上从白昼转向黑夜逐渐减弱的天色，消磨时间。躺下时，我双手枕着头在等待。我不知道有多少次寻思，是不是有死囚逃脱无情的结局的例子，在行刑之前消失，挣脱警察的绳子。于是我自责早先没有好好注意写死刑的故事。本应始终关注这些问题。人们无法预料会发生什么事。像大家一样，我看过报纸的报道。但准定有专门的作品，我从来没有兴趣去阅读。在这些作品中，我也许会找到越狱的故事。我就会知道，至少在某种情况下，绞架的滑轮停住了，在这种不可抗拒的预想中，偶然和运气，仅仅一次，就可以改变事物。一次！在某种意义上，我认为对我这已足够了。我的心会做其余的事。报纸常常谈到对社会的欠债。按照报纸的见解，必须偿还这笔债。但在想象中，这是谈不上的。重要的是有无越狱的可能性，能不能摆脱死刑的场面，拼命奔逃，前面希望多多。当然，希望也就是在街角大步逃跑时被一颗子弹击倒。左思右想之后，什么都不能让我做这非分之想，一切都不让我这样做，无情的结局重新抓住了我。

尽管我有良好的意愿，我不能接受这种使人受不了的想法。因为说到底，在确立这种想法的判决和从宣判时起不可动摇的进程之间，有着可笑的不成比例。判决在二十点而不是在十七点宣布，判决可能是完全不同的结论，它由穿不同衣服的人做出，它要获得法国人的信任，而法国人（或者德国人和中国人）是一个不确切的概念，我觉得这一切使这个判决大大失去了严肃性。然而，我不得不承认，一旦采取了这个决定，它的效果就变得像我的身体紧靠的这堵墙的存在一样确实，一样严肃。

这些时候我想起一个故事，是妈妈在谈到我的父亲时对我讲的。我没有见过他。关于这个人，我所确知的一切，也许就是妈妈那时告诉我的事：他去看一个杀人犯行刑。想到要去那里，他就不舒服。但他仍然去看了，回来后上午呕吐了一段时间。那时我对父亲有点儿厌恶。现在我明白了，这种事是非常自然的。我怎么没有看到，没有什么事比起执行死刑更为重要的了，总之，这是唯一真正令一个人感兴趣的事！一旦我从这个监狱出去，凡是死刑我都要去看。我想我不该考虑这种可能性。因为想到一天清晨自己自由了，站在警察的绳子后面，可以说站在另一边，想到成为看客，来看热闹，然后会呕吐，一种恶毒的快乐便涌上心头。但这是不理智的。我不该任凭脑子里有这些假设，因为不久，我冷得要命，便蜷缩在毯子里，牙齿格格地响，还是支撑不住。

当然，始终理智是做不到的。比如，还有几次，我设计了法律草案。我改革了刑法。我早就注意到，主要是给囚犯一个机会。只要有千分之一的机会，就足以安排许多事。因此，我觉得可以找到一种化学物，服用后有十分之九的可能性杀死受刑者（我想的是受刑者）。他本人要知道，这是条件。因为我经过深思熟虑，平静地思索再三，我看到，断头斧的缺点就是没有任何机会，绝对没有任何机会。总之，受刑者的死是一锤定音了。这是一个了结的案件，一个确定的手段，一个谈妥的协议，不会回过头来再考虑。万一没有砍准，就重新再来。因此，令人烦恼的是，犯人只得希望机器运转良好。我说的是有缺陷的一面。在某种意义上，这是不错的。但是，从另一种意义上来说，我不得不承认，组织良好的全部秘密就在于此。总之，犯人只得在精神上合作。他所关心的是一切不发生意外。

我还不得不看到，至今，关于这些问题，我有过的想法是不正确的。我长期以为——我不知道为什么——要登上断头台，就必须一级级爬上一个架子。我以为这是由于一七八九年革命的缘故，我想说，关于这些问题，人们教给我或者让我看到的就是这样。但是有一天早上，我想起报纸刊登一次轰动一时的行刑的照片。实际上，断头机放在平地上，再简单也没有了。它比我想象的狭小得多。我早先没有觉察到是很奇怪的。照片上的这架断头机，看来是一部准确、完善、闪光的工具，给我强烈印象。人们对不了解的东西总是有夸大的想法。相反，我却看到，一切都很简单：机器和朝它走去的人在同一平面上。他走向机器，就像去迎接一个人。这也很令人讨厌。登上断头台，升天，想象力会紧紧抓住这些。而现在，无情的结局压垮了一切：不引人注目地处死人，有一点耻辱，却非常准确。

还有两件事是我整天都在考虑的：那就是黎明和我向最高法院上诉。但我受理智控制，竭力不去想它。我躺下，望着天空，力图对天空发生兴趣。天空变成绿色，这是傍晚。我又使劲改变思路。我听到自己的心跳。我不能想象，长期以来陪伴我的这种声音会一朝停止。我从来没有真正的想象力。但我尽量设想某种时刻，那时心跳不再传到我脑子里。但是徒劳。还是想黎明或者向最高法院上诉。最后我寻思,最理智的是不要勉强自己。

我知道,他们是在黎明时分到来的。总之,我一夜又一夜,一心一意等待黎明。我从来不喜欢措手不及。要发生什么事,我喜欢有所准备。因此,我最后只在白天睡一会儿,整夜我都在耐心等待曙光出现在天窗上。最难熬的是那个不确定的时辰,我知道他们习惯在这时行动。过了半夜,我就等待和窥视。我的耳朵从来没有听出那么多的响声,分辨出那么细微的声音。再有,我可以说,在这整段时间里,我总算还有机会,因为我从来没有听到脚步声。妈妈常常说,人不会永远痛苦万分。在监狱里,当天空出现彩霞,新的一天潜入我的牢房里的时候,我赞成她的说法。因为我本来会听到脚步声,我的心会爆裂开来。即使一点儿滑动的声音都会让我扑到门口,即使我将耳朵贴在门板上,狂热地等待着,直到我听见自己的呼吸声,觉得喑哑,活像狗的喘气,不免害怕起来。总之,我的心并没有爆炸,我又争取到二十四小时。

整个白天,我考虑向最高法院上诉。我认为我已从这个想法中得到莫大的好处。我琢磨有什么效果,从思考中取得最好的收获。我总是做着最好的设想:我的上诉被驳回了。"那么,我就死吧。"比别人更早死,这是显而易见的。但大家都知道,生活不应该虚度。说实在的,我不是不知道,在三十岁或者在七十岁过世并不重要。因为在这两种情况下,别的男人和别的女人自然还会活着,几千年来就是这样。总之,这是再清楚不过的了。无论是现在还是在二十年后,反正总是我死。眼下,我在推理中感到为难的,是我想到未来的二十年时,内心感到的可怕飞跃。但是,想到二十年后我还是要走到这一步,自己会有何种想法,我便把这种为难心理压抑下去。既然要死，怎么死和什么时候死，都无关紧要，这是毋庸置疑的。因此（困难的是不要视而不见这个"因此"所代表的一切推理结果），因此，我应该接受驳回我的上诉。

眼下，只是在眼下，我才可以说有了权利，我几乎允许自己接触第二个假设：我获得赦免。使人苦恼的是，不要让我的血液和肉体的冲动那么激烈，因失去理智的快乐而刺激我的眼睛。我必须尽力压制这喊声，变得理智。我甚至必须在这种假设中合乎情理，使我忍受第一种假设更说得过去。我成功的话，我便得到一小时的安宁。这毕竟是要考虑的。

就在这时，我再一次拒绝接待指导神父。我躺下了，我捉摸到夏夜来临，天空是一片金黄色。我刚刚放弃向最高法院上诉，我可以感到我的血液在我身上正常地循环。我不需要接待指导神父。很久以来我第一次想起玛丽。她已经有好长日子不再给我写信了。这天晚上，我思索良久，我想，她作为一个死囚的情妇，也许是疲倦了。我还想到，她兴许生病或者死了。这是合乎事理的。既然我们两人现今已经分开，什么也不再联结我们，彼此不再想念，舍此我还能做什么呢？再说，从这时起，我对玛丽的回忆已经淡漠了。她死了，我就不再关心她了。我感到这很正常，正如我十分理解，人们在我死后会忘却我。他们和我再也没有什么关系。我甚至不能说，这样想是冷酷无情的。

想到这里时，指导神父进来了。我看见他时，轻轻颤抖了一下。他觉察了，对我说不要害怕。我告诉他，他一般是在另外一个时刻到来的。他回答我，这是一次非常友好的拜访，和我的上诉没有任何关系，他对上诉的事一无所知。他坐在我的床上，请我坐在他旁边。我拒绝了。我觉得他的神态毕竟很和蔼。

他坐了一会儿，前臂放在膝上，低着头，望着双手。他的手细巧而有力，使我想起两只灵巧的野兽。他缓缓地搓着手。这样待着，始终低垂着头，时间那么长，我有感觉，一时我把他忘了。

但是他突然抬起头，正视着我说："为什么您拒绝我来访？"我回答，我不信仰天主。他想知道我是不是确实如此，我说，我不需要考虑这一点：我觉得这是一个无关紧要的问题。于是他身子朝后一仰，背靠在墙上，双手平放在大腿上。他几乎不像在对我说话，指出有时人会自以为是，实际上并不是这样。我不吭声。他望着我，问我说："您是怎么想的？"我回答，这不可能。无论如何也许我不能肯定，是什么真正令我感兴趣，但是，我完全能肯定，什么我不感兴趣。他对我说的事正巧我不感兴趣。

他掉转目光，始终不改变姿势，问我是不是出于绝望才这样说话。我向他解释，我并不绝望。我仅仅害怕，这是很自然的。"那么天主会帮助您，"他指出，"在您所处的情况下，我认识的所有人都转向天主。"我承认，这是他们的权利。这也证明了，他们有的是时间。至于我，我不愿意别人帮助我，我正好缺少时间，无法关心我所不感兴趣的事。

这当儿，他的手做了一个恼火的动作，可是他挺起身来，理顺袍子的皱褶。理完后，他称呼我为"我的朋友"，对我说：他对我这样说话，并非我是个死囚；据他看来，我们都是死囚。但我打断他，对他说，这不是一回事，况且，无论如何，这也不能算是一种安慰。他赞成说："当然，但是，如果您今日不死，以后也会死，那时会提出同样的问题。您怎么接受这个可怕的考验呢？"我回答，我会像眼下这样接受它。

听到这句话，他站了起来，直盯着我的眼睛。我非常熟悉这种把戏。我时常和艾玛纽埃尔或者塞莱斯特闹着玩,一般说,他们掉转目光。指导神父也很熟悉这种把戏,我马上明白了:他的目光不颤抖。他对我说话时声音也不颤抖:"您就不抱任何希望吗?您活着时就想到即将彻底死去吗?"我回答:"是的。"

于是,他低下头来,重新坐下。他对我说,他为我抱屈。他认为一个人不可能这样硬撑着。我呢,我仅仅感到他开始令我讨厌了。轮到我转过身去,我走到天窗下面。我的肩膀顶住墙。我没有仔细听他讲话,我听到他又开始询问我。他用不安而急迫的声音说话。我明白他很激动,我听得更仔细些。

他对我说,他相信我的上诉会被接受的,但是我承担着罪孽的重负,我必须摆脱它。据他看来,人的司法不算什么,而天主的司法是一切。我指出,是人的司法判我的罪。他回答我,人的司法并没有洗刷掉我的罪孽。我对他说,我不知道罪孽是什么。人家仅仅告诉我,我是一个罪犯。我是有罪,我付出代价,不能再多要求我什么。这时,他又站起来,我想在这如此狭窄的牢房里,即使他想活动,他也没有多少选择。他只能坐下或者站起来。

我的眼睛盯住地。他朝我走了一步,站定了,仿佛他不敢往前。他越过铁栅望着天空。"您欺骗了我,我的孩子,"他对我说,"我们可以对您有更多的要求。也许以后会对您提出来。""要求什么?""可以要求您看。""看什么?"

神父环顾四周,用一种我突然感到疲乏的声音回答:"我知道,所有这些石块都渗透出痛苦。我望着它们总是忧虑不安。可是,我从心底里知道,你们当中最悲苦的人也看到了从石头的一片黑暗中浮现出一张神圣的脸。我正是要您看这张脸。"

我有点激动。我说,我看着这些墙壁已经有几个月了。我比世人更了解，既没有什么东西，也没有任何人。也许很久以前，我从中寻找过一张面孔。但这张面孔有着太阳的色彩和欲望的火焰：这是玛丽的面孔。我徒劳地寻找它。如今完结了。无论如何，我从石头渗出的水中没有看到任何东西浮现出来。

指导神父带着一种悲哀的神情望着我。如今我完全靠在墙上，阳光流泻到我的脸上。他说了几个字，我没听清说什么，他又很快地问我，我是不是允许他拥抱我，我回答："不。"他回转身，走到墙边，慢慢地向墙壁伸出手，喃喃地说："您就是这样爱这个世界吗？"我没有回答。

他背对着我很久。他在我面前压抑着我，使我恼火。我正要请他出去，让我清静，这时，他突然朝我转过身来，爆发似的叫道："不，我无法相信您的话。我深信您一定希望过另一种生活。"我回答他，那是自然，可是，这同希望富有、希望游得很快或者希望嘴巴长得更好看没有什么两样。这是同一回事。但他止住了我，他想知道我怎么看待这另一种生活。于是，我对他大声说："这种生活能让我回忆起现在的生活。"我随即告诉他，我受够了。他还想对我谈谈天主，但是我走近他，我想最后一次向他解释，我剩下的时间不多了。我不愿意浪费时间和他谈天主。他想改变话题，问我为什么称他"先生"，而不是"神父"。这把我惹火了，我回答他，他不是我的父亲①，这是他和别人的关系。

"不，我的孩子，"他将手放在我的肩上说，"我同您是这种关系。但您不能明白，因为您的心是盲目的。我要为您祈祷。"

这时，我不知道怎么回事，有样东西在我身上爆裂开来。我扯

---

① 神父一词用的是 mon père，有"我的父亲"之意。

着喉咙大叫，我侮辱他，告诉他不要祈祷。我抓住他袍子的领子，把我内心深处的话，连同喜与怒混杂的冲动，向他发泄出来。他的神态不是充满自信吗？可是，他的任何一点自信都比不上女人的一根头发。他甚至不能确定是活着，因为他像一个活尸。我呢，我好像两手空空。但是我对自己有把握，对一切有把握，比他更有把握，对我的生活和即将来临的死有把握。是的，我只有这一点把握，不过，至少我抓住了这个事实，正如它抓住我一样。我从前有理，我现在还有理，我始终有理。我以这种方式生活过，我可以用另一种方式生活。我做了这件事，我没有做那件事。我做了另一件事，而没有做这件事。以后呢？仿佛我一直都在等待这一分钟和被证明无罪的黎明。无论什么，无论什么都不重要，我知道是什么原因。他也知道是什么原因。在我所度过的整个荒诞生活期间，从我未来的深处，一股阴暗的气息越过还没有到来的岁月向我涌来，这气息在所过之处，与别人在不比我现今所过的更真实的年代向我建议的一切相等。别人的死，对母亲的爱，别人所选择的生活，别人所选择的命运，这些与我何干？因为只有一种命运选中我，而和我一起的千百万幸运儿像他一样，自称是我的兄弟。他明白吗，他明白吗？大家都是幸运儿。世上只有幸运儿。其他人也一样，有朝一日要被判决死期到来。他也一样，要受到判决。如果他被控杀人，就因为在他母亲下葬时没有哭泣而被处决，这有什么关系呢？萨拉马诺的狗比得上他的妻子。那个木头似的小女人跟马松所娶的巴黎女人和想嫁给我的玛丽一样有罪。雷蒙和比胜过他的塞莱斯特一样是我的哥们儿，这有什么关系？玛丽今日把嘴伸向另一个默尔索，这有什么关系？这个被判决的人，他明白吗？从我未来的深处……我喊出这一切，喊得喘不过气来。已经有人从我手里夺走指导神父，看守们威胁我，但他让他们平静下来，默默地望着我一会儿。他眼里噙满泪水。他转过身走了。

他一走，我重新平静下来。我精疲力竭，我相信我睡着了，因为我醒来时星星照在我的脸上。田野里的响声一直传到我这里。夜晚、大地和盐的气息使我的太阳穴感到清凉。沉睡的夏夜美妙的宁静像海潮一样涌进我心中。这时，黑夜将尽，汽笛鸣叫，宣告启碇，要开到如今与我永远无关的地方去。长久以来，我第一次想起妈妈。我觉得我明白了为什么她在生命将尽时找了一个"未婚夫"，为什么她要玩重新开始的游戏。那边，那边也一样，在生命一个个消失的养老院周围，夜晚仿佛令人忧郁地暂时憩息。妈妈在行将就木时大概感到解脱了，准备重新感受一切。谁也，谁也没有权利哭悼她。我呢，我也感到准备好重新感受一切。似乎狂怒清除了我的罪恶，掏空了我的希望，面对这充满信息和繁星的黑夜，我第一次向世界柔和的冷漠敞开心扉。我体验到这个世界是如此像我，说到底如此博爱，感到我曾经很幸福，现在依然幸福。为了让一切做得完善，让我不那么孤单，我只希望处决我那天有很多看客，希望他们以愤怒的喊声来迎接我。

沉默的人

仲冬时节，一清早，城市就繁忙起来了，又开始了晴空万里的一天。堤岸尽处，海天一色。伊瓦尔却无心观看。他沿着居高临下、能鸟瞰海港的林荫道，笨拙地踩着自行车。他的那只跛脚踏在固定的脚镫上，一动不动，而另一只脚艰难地使着劲儿，石子路还蒙着夜间的湿气，很不好走。他头也不抬，坐在车垫上显得很瘦小，竭力要避开旧电车轨道；车把突然一转，就让过赶上他的公共汽车。他不时用手肘去推一推挂在腰上的挎包，费南德在包里放上了他的午餐。于是他就很不是滋味地想起包里的东西。两大片面包之间夹着的，不是他喜欢的西班牙式煎蛋也不是炸牛排，而是只有奶酪。

他从来没有感到过上班的路这么长。他也逐渐衰老了。过了四十岁，他尽管仍像葡萄藤一样干枯精瘦，他的肌肉却不那么快就恢复活力。有时，他看体育报道，三十岁的运动员就被说成老将，他便耸耸肩膀。"如果说这是老将，"他对费南德说，"那么，我呢，我就是躺在地上的败将了。"可是，他知道记者并非全无道理。过了三十岁，气已经不知不觉短促了。到了四十岁，虽说还没有趴倒，可是早就提前准备着这一天。难道不正是为了这个，好久以来，他赶到城那头造桶厂去的路上，再也不观看大海了吗？他在二十岁那时节，海是不会看厌的，大海能让他在海滩上过上一个幸福的周末。虽然跛脚——也许正由于跛脚，他一直喜爱游泳。其后，年复一年过去了，他娶了费南德，有了一个男孩，为了糊口，星期六在造桶厂加班，星期日帮人干点零活。他逐渐抛却了老习惯，过上运动激烈却心满意足的一天。深广清澈的海水、烈日、姑娘们、肉体的享受，他的家乡没有别的幸福了。而这幸福同青年时代一起再不复返。伊瓦尔依然爱海，只不过是在白日将尽海水变成暗蓝色的时候。下班后他坐在屋子的平台上，穿上费南德烫好的干净衬衫，喝上一杯布满水汽的茴香酒，那时是多么美好啊。夜幕降临，有那么短暂的一刻天宇中荡漾着温馨的气息，同伊瓦尔闲扯的邻居也骤然降低了嗓音。这时他不知道自己是不是幸福，或者是不是想哭泣。至少他的心境是和谐的，他没有什么需要做的，唯有在等待，静悄悄的，虽然并不知道等待什么。

早晨他要去干活的时候，相反，他不再喜欢去观望海了，大海却同往常一样等待着他，而他要到傍晚再眺望海。这天早晨，他低着头骑车，比往常更加吃力：他的心境也一样沉郁。昨晚他去开过会，宣布了复工。"那么，"费南德快活地说，"老板答应给你们提工资了？"老板根本没答应，罢工失败了。不得不承认，他们行动得不到协调。这是一次发泄怒气的罢工，工会跟得不紧有它的道理。十五六个工人的确算不了什么，工会考虑到其他造桶厂，它们没有行动。不能太责怪它们。造桶业受到造船业和油罐车业的威胁，很不景气。木桶和大酒桶的需求量越来越少，老是在修理那些大木桶。说实在的，老板们看到生意惨淡，但他们仍然想保持一部分利润；他们认为最简单的莫过于冻结工资，即使物价上涨了也罢。要是造桶业消失了，那么，造桶工人咋办呢？好不容易学会了一门手艺，就不能改行，造桶的手艺很难学，学徒时间很长。一个优秀的造桶工人，要会装配弯桶板，在火上用铁箍箍紧，不用拉菲亚棕榈树纤维或麻屑就能箍得滴水不漏，那是很少有的。伊瓦尔却精通此道，并以此为豪。改行并没有什么，可是放弃自己内行的、拿手的技艺，就并非易事了。要干这个就业机会不多的好职业，就得受人钳制，忍气吞声。然而忍气吞声也并非容易。难就难在要缄口不言，不能进行讨价还价，因此疲劳与日俱增，每天早上就这样去上班，到了周末，老板爱给你多少就领多少，而这是越来越不够花销了。

于是工人们怨气冲天。有两三个人犹豫不决,可是同老板进行了第一轮讨论之后,他们也气愤填膺。老板冷冷地说,要干就干,不干拉倒。一个人怎么能这样说话?"他怎么想的!"埃斯波西托说,"他以为我们会低头屈服?"不过老板以前并不像个坏蛋。他继承了父亲的遗产,在厂里长大,几年来差不多认识所有的工人。有时他邀请工人在厂里进快餐。烧起刨花烤沙丁鱼或猪血腊肠,助着酒兴,他还真不讨厌。元旦一到,他总是赠送每个工人五瓶好酒,每逢工人生病,或者有什么大事,结婚抑或领圣体什么的,他往往会送人一套银器礼物。他女儿诞生时,人人都分到糖果。有两三次他邀请伊瓦尔到他海滨的庄园去狩猎。不消说,他很喜欢自己的工人,他常常回忆起,他父亲是从学徒起家的。但他从不到工人家里,他连想都没有想到过。他只想到自己,因为他只了解自己,如今竟说出要干就干,不干拉倒。换句话说,这回他是固执透顶。可他呀,他是能说到做到的。

工人们迫使工会行动,厂子关闭了大门。"你们别折腾组织工人纠察队了,"老板说,"工厂不开工,我倒省了钱。"这不是真心话,不过这样说无济于事,因为他面对工人说过,他是出于仁慈才给他们活干。埃斯波西托气得发抖,冲着老板说,他真不是个人。那一位也血往上冲。其他人只得把他们两个劝开。这事给工人们留下深刻印象。罢工二十天,女人们在家愁眉苦脸,有两三个泄气了,最后,工会建议让步,答应做仲裁,以加班弥补罢工的损失。他们决定复工。自然了,还得摆摆架子,说是事情还没有完,要再看一看。可是,今儿早上,像是被失败的重负压着一样疲惫,奶酪又代替了熟肉,再也不容幻想了。多好的太阳也是白搭,大海再也不诱人了。伊瓦尔踩着唯一的脚镫,每转一圈就仿佛衰老了一点。他想起再见到车间、同事们和老板,心头就禁不住格外沉重起来。费南德惴惴不安地问:"你打算对老板说什么?""什么也不说。"伊瓦尔已经骑上车,边说边摇着头。他咬紧牙关,绷着褐色的小脸庞,他的脸线条纤细,已经有了皱纹。"大家上工,这就够了。"直到这会儿,他蹬着车时,还始终又愁又气地咬着牙,仿佛天也阴沉下来。

他离开林荫道和大海,转入西班牙老区湿漉漉的街道。街道通到一满是车库、废铁堆停车场的地带,厂子就矗立在那儿,它像一个厂棚,下面一半砌的是砖泥,玻璃窗同波浪形的铁皮屋顶相连。这个厂对着旧日的造桶厂,那是一个大院,几个破旧的内院套在一起,这个企业扩大的时候就弃置不用了,如今用作放旧机器和旧木桶的仓库。越过大院,隔开一条覆盖着旧瓦的过道,就到达老板的花园,尽里头屹立着一所房子。这座楼房很大,外表难看,可是,由于爬山虎和攀附着室外楼梯的瘦弱的忍冬花,这座房子却也讨人喜欢。

伊瓦尔一眼就望见厂门紧闭着。一群工人静悄悄地待在门前。打他在这儿干活起,他到厂时门还关着,这是破天荒头一遭。老板是想显显威风。伊瓦尔骑向左边,把自行车放在连着厂房的小屋里,然后朝门口走去。他老远就认出埃斯波西托,这是个大个子,褐发多毛,在他旁边干活,还有男高音、工会代表马尔库,厂里唯一的阿拉伯人赛义德,以及其他所有的人,他们默不作声地瞧着他走过来。他还没有走近他们,厂门已经打开了,工人们都一下子转过身去。工头巴莱斯泰出现在门口。他打开一扇沉重的大门,背朝着工人,徐徐地把门按铁轨的方向往里推。

巴莱斯泰在所有人当中年龄最大,他不赞成罢工,但埃斯波西托跟他说,他是为老板的利益出力,他便闭口不言了。现在他站在门边，穿着海蓝色的毛衣，身材显得又阔又矮，已经赤着脚（只有他同赛义德一样，是光足干活的），他瞅着工人一个个走进去，眼睛色泽这样浅，衬在他黧黑的老脸上，仿佛没有颜色似的；他的髭须厚而下垂，嘴角露出忧愁的神情。工人们噤若寒蝉，对于像战败者一样走进来感到耻辱，对自己的默默无言感到气愤，而且沉默的时间越长，就越打破不了。他们走过时瞧也不瞧巴莱斯泰，他们明白，他在执行命令，让他们这样进厂，他凄苦而忧郁的神情让他们明白他心里在想什么。伊瓦尔盯着他。巴莱斯泰很喜欢伊瓦尔，默默地对他摇摇头。

现在他们都来到入口右边的小更衣室：用白木板隔开的一个个存衣室都打开了，木板两边都挂着一个上锁的小柜；从入口开始数起的最后一个存衣室，靠着厂房的墙，已改装成一个浴室，在压实的地面挖了一条排水沟。在厂房当间，一个个工作区放着已经做好，但还未箍紧，就等烤牢固的葡萄酒大木桶，还有几张挖开一个大口子的厚木长凳（有些圆桶底板，等着要刨光，就夹到这些大口子里），末了是黑乎乎的炉灶。沿左边入口那面墙，工作台一字儿排开。工作台前堆满了一摞摞要刨光的木桶板。靠右面的墙，离更衣室不远，有两架大电锯，都涂满了油，强固有力，静悄悄地躺在那儿闪闪发光。

对在这儿工作的寥寥无几的人来说，厂房早就变得过于宽敞了。大热天还有优点，冬天可受罪了。今天，在这片宽敞的地方，工作撂在那儿：木桶乱堆在角落里，有的只箍紧了底部，上部则根根矗立，宛如一朵朵粗糙的木瓣花，还有，锯末都盖满了长凳、工具箱和机器，这一切给予厂房一种废弃不用的样子。工人们望着厂房，他们穿着旧线衫和褪色的、东补西钉的旧长裤：一个个迟疑不决。

巴莱斯泰观察着他们，开口道："喂，还不各就其位？"他们默默无言地一个个走到自己的岗位上。巴莱斯泰从这儿走到那儿，简短地吩咐开始做这件活儿，或者把那件活儿做完。没有人答话。一会儿，响起了一下锤声，敲在把铁箍嵌入木桶鼓起部分的包铁木榫上，刨子碰到木结发出了吱叫声。埃斯波西托开动了一部电锯，发出锯刃摩摩的嘈杂的响声。赛义德按吩咐抱来木板，或者用刨花生起火来，把木桶放上去烤，在铁片箍紧的部分使木板鼓凸出来。没有人使唤他的时候，他就沿着工作台，用锤子使劲敲打生锈的宽铁箍。刨花燃烧的气味开始充满了厂房。伊瓦尔要把埃斯波西托锯齐的木板刨光和装配好，这时他嗅到了熟悉的香味，他的心房稍稍宽松了一点儿。大家都在默默地干着活儿，但有一种热力、一种活力，在车间里缓缓地复苏了。令人赏心悦目的亮光透过大玻璃窗，照亮了厂房。烟雾在金光闪烁的空气里变成蓝艳艳的；伊瓦尔甚至听到有只虫子在他附近鸣叫起来。

　　这当儿，对着旧厂的那扇门朝里打开了，老板拉萨尔先生站在门槛上。他身材颀长，褐发，刚过三十岁。米黄色的华达呢上装敞开着，露出白衬衫来，神气怡然自得。尽管他的脸像用刀削过似的瘦骨嶙峋，但通常总能给人以好感，就像大多数喜欢运动的人那样，举止自由洒脱。不过，他跨过门口时，似乎有点儿窘迫。他的问好没有平日那么响亮；哪儿都没有人搭理他。锤子的敲打声放慢了，有点儿不协调，然后又响得更加欢快。拉萨尔先生犹犹豫豫地迈了几步，然后向小瓦勒里走去，他才干了一年的活儿。他把一块桶底放在离伊瓦尔几步远，靠近电锯的一个大桶上，老板瞅着他这样做。瓦勒里继续干活，一声不吭。"喂，孩子，"拉萨尔先生开口了，"还行吧？"小伙子的动作蓦地变得更笨拙了。他向埃斯波西托瞥了一眼，后者离他不远，粗壮的胳臂上正堆放一摞木桶板，要搬到伊瓦尔那儿。埃斯波西托也瞅着他，一边继续干活，于是瓦勒里又将脸对着大酒桶，毫不搭理老板。拉萨尔有点儿发愣，在小伙子面前侍立了一会儿，随后他耸了耸肩，回转身对着马尔库。马尔库骑在他的长凳上，一小下一小下地，慢慢而准确地削薄了一块桶底的边缘。"好，马尔库。"拉萨尔的声调更加不自然。马尔库没有理睬，一心一意刨出薄薄的刨花。"你们怎么啦？"拉萨尔放大了嗓门，这回他转过来对其他工人说，"咱们没有达成协议，这是不假。不过这并不妨碍咱们一块儿干活呀。这样又有什么用呢？"马尔库站起来，起下桶底板，用手掌检验一下圆形的薄边，带着非常满意的神情眯起无精打采的眼睛，一直缄默不语，然后向另一个装配木桶的工人走去。在整个车间，只听到锤子和电锯的响声。"好吧，"拉萨尔说，"等这会儿过去了，你们再让巴莱斯泰告诉我一声。"他迈着沉着的步子，走出了车间。

他刚走不久，便响起两下铃声，盖过了车间的嘈杂声。巴莱斯泰刚刚坐下，要卷一支烟卷，他站起沉重的身子，走向尽里那扇小门。他一走，锤子就敲得不那么有力了；巴莱斯泰回来的时候，甚至有个工人刚刚停住手不干。巴莱斯泰就站在门口说："马尔库、伊瓦尔，老板有请。"伊瓦尔要先去洗手，马尔库在他走过时一把抓住他的胳膊，他一瘸一拐地跟着马尔库走了。

来到外面的院子里，阳光明媚，鎏金泛彩，伊瓦尔的脸上和赤裸的手臂上都感到阳光的照射。两人爬上忍冬花掩映下的室外扶梯，那藤蔓上已经点缀着几朵花儿。两人步入走廊，墙壁上挂着各种文凭，这时，他们听到孩子的哭声和拉萨尔先生说话的声音："吃过午饭后，你先让她睡下。要是还不好，我会派人去叫医生的。"紧接着老板出现在走廊里，把他们让进那已经熟悉的小办公室，室内家具模仿简朴的乡风，墙上缀满运动奖品。"请坐。"拉萨尔说，自己坐到办公桌后边。他们两人硬是站着。"我请你们两位来是因为您，马尔库是代表，而你呢，伊瓦尔，你是我仅次于巴莱斯泰的最老的职工。讨论如今已经结束，我不想旧话重提。我不能、绝对不能答应你们要求的条件。事情已经解决了，咱们都得出结论，必须复工。我看出你们怨恨我，这使我很难受，我怎么感觉就怎么对你们说。我只想简单补充这一点：眼下我不能做的，也许生意有了起色我就能做了。如果我能做了，那么不等你们要求，我就会做的。在这期间，咱们还是通力合作吧。"他停住了，仿佛在思索，随后抬眼望着他俩，说道："怎么样？"马尔库瞅着外边。伊瓦尔咬紧着牙，想说而说不出。"你们听我说，"拉萨尔道，"你们都很固执。这会过去的。待到你们恢复理智时，别忘了我刚才对你们说的话。"他站起身，朝马尔库走去，对他伸出手来说："再见！"马尔库脸色兀地变白了，他那张抒情歌手的脸如今变得紧绷绷的，刹那间又变成恶狠狠的。他猛然掉转脚跟走了出去。拉萨尔也脸色煞白，瞅着伊瓦尔，没有对他伸出手去，喊着说："你们真是见鬼了！"

　　他们俩回到车间时，工人们正在吃午饭。巴莱斯泰不在。马尔库仅仅说了一句："放屁。"他回到自己干活的地方。埃斯波西托停止咬面包问他们回答什么没有；伊瓦尔说他们什么也没有回答。然后，他去找自己的挎包，回来坐在他干活的那张长凳上。他正要开始吃饭，这时，他瞥见离他不远的赛义德仰脸躺在一堆刨花上，目光消失在大玻璃窗外，这会儿天空不那么明亮了，把玻璃窗照得蓝幽幽的。他问赛义德，是不是吃过饭了。赛义德说，他吃过无花果。伊瓦尔停住不吃了。同拉萨尔见过之后，不自在的感觉就没有离开过他，这下便顿然消失，代替的是一种热乎乎的感觉。他掰开自己的面包，站了起来，递给赛义德一块，赛义德不要，他便说，到下星期一切会好转的："那时你再请还我好了。"赛义德微笑着。他咬着一块伊瓦尔给他的面包，不过是轻咬慢嚼，仿佛他并不饿似的。

埃斯波西托拿来一只旧锅，燃起一小堆刨花和碎木。他把自己装在一只瓶子里带来的咖啡烧热了。他说，他认识的那个食品杂货商得知罢工失败，给了车间工人这份礼物。一只盛芥末的玻璃杯从这只手传到那只手。每次转手，埃斯波西托都往里倒一点已加糖的咖啡。吞下去时比吃面包更有滋味。埃斯波西托就着滚烫的锅，把剩下的咖啡喝光，一面还咂着嘴唇，说着粗话。这当儿，巴莱斯泰进来说该上班了。

正当大伙儿站起来，拾掇废纸餐具，塞进挎包时，巴莱斯泰走到他们中间，突然开口说，这事对大家都是沉重的打击，他也不例外，不过，也没有理由像孩子那样行事，赌气是于事无补的。埃斯波西托手里拿着锅，转身对着他，那厚墩墩的长脸倏地变得通红。伊瓦尔知道他要说什么，大伙儿心里想的同他一样，不是他们赌气，老板说的要干就干，不干拉倒，这就把大伙儿的嘴给封上了，愤怒和无能为力有时能使人这样痛苦，甚至都叫唤不出声来。他们是男子汉，这就把什么都说尽了，他们不会马上笑脸迎人的。但埃斯波西托这些话一句也没说，末了，他的脸表情放松，他轻轻地拍着巴莱斯泰的肩膀，而其他人则走开去干活。锤子重又敲响起来，大厂房充满了熟悉的嘈杂声以及刨花和汗湿的旧衣发出的气味。大锯发出轰响，咬啮着埃斯波西托慢慢地往前推的鲜亮的木板。从锯口冒出一股湿润的锯末，像面包屑一样，落满吼叫着的锯刃两旁和紧握着木板的毛茸茸的大手上。木板锯开以后，就只听见发动机的鸣响。

伊瓦尔已经觉得他弯向长刨的背酸痛起来。通常疲乏要来得更迟些。他好几个星期不干活，缺少锻炼，这是显而易见的。但他也想到自己的年龄，现在感到手工劳动更吃力了，而且这活计不光要一般的精确。这样腰酸背痛预示着老之将至。凡是靠肌肉使劲的活计，人最终会受不了的，这是走向死亡的前兆。出过大气力的晚上，就睡得像死猪似的。孩子想当小学教师，他是蛮对的。对体力劳动发表长篇大论的人并不知道他们所说的东西。

伊瓦尔直起腰来，想喘口气，也为了要赶跑这些阴郁的想法，这时，铃声又响起来。铃响个不停，但响得很怪，忽而短暂地停止了，继而又急促地响起来，以致工人们都停下手里的活计。巴莱斯泰惊异地倾听着，然后打定了主意，慢悠悠地走到门边。他消失以后不久，铃声终于止住。工人们又干起活儿来。门突然重新打开，巴莱斯泰朝更衣室跑去。他从那里出来，脚穿一双草绳底帆布鞋，一面穿着外衣，经过伊瓦尔身旁时对他说："小姑娘又犯病了。我去叫热尔曼来。"边说边朝大门跑去。热尔曼照管这个工厂，他住在郊区。伊瓦尔不加评论地重复了这个消息。大伙儿围着他，窘迫地面面相觑。只听到电锯发动机空转的响声。"也许没有什么事。"有个工人这样说。大家回到原位，车间里重新充满各种响声，但工人们都慢条斯理地干着活，似乎等待着什么事。

过了一刻钟，巴莱斯泰回来了，他脱下外衣，不言不语，又从小门走了出去。阳光斜照在大玻璃窗上。一会儿，在锯子没有锯上木头的间歇里，可以听到一辆救护车喑哑的鸣响，由远而近，来到跟前便停止不响，忽儿，巴莱斯泰回来了，大伙儿向他围拢过去。埃斯波西托切断了马达的电源。巴莱斯泰说，那孩子在她房间脱衣服时，好像受了一击，倒了下去。"啊，是这样！"马尔库说。巴莱斯泰摇了摇头，往车间做了个模棱两可的手势，他的神情慌乱不安。救护车的鸣叫声又响了起来。大伙儿站在静悄悄的车间里，沐浴在玻璃窗洒下的团团黄光之中，他们闲着的粗糙的双手垂在沾满锯末的旧长裤两旁。

下午其余的时间过得又慢又长。伊瓦尔觉得疲倦，他的心一直揪紧着。他想说什么，但又无话可说，其他人也是这样。在他们沉静的面庞上，只能看到郁闷和某种执着的表情。有时，在伊瓦尔心里，"倒霉"这个词刚一形成，就马上像气泡那样，刚生即灭。他渴望着回到家里，同费南德和孩子相聚，待在平台上。想到这儿，恰巧巴莱斯泰宣布收工了。机器全都停了下来。工人们不慌不忙地开始熄火，整理好干活场所，然后一个个到更衣室去。赛义德是最后一个，他要打扫清洁，给尘土飞扬的地面洒上水。待到伊瓦尔走进更衣室时，埃斯波西托这个浑身毛茸茸的大块头已经在洗淋浴。他背朝着大伙儿，擦肥皂时发出很大的响声。往常，大伙儿都讪笑他害臊，说实在的，这头大熊确是固执地要遮盖他的阴部。可今天似乎没有人注意到这一点。埃斯波西托倒退着走出去用一条毛巾像缠腰布一样裹住自己的臀部。轮到其他人洗澡了。马尔库正用劲拍打着赤裸的腰部，这时，可以听到大门的铁轮缓慢地滚动的声音。拉萨尔走了过来。

他的一身穿着同他第一次来看望时那样，但他的头发有点儿蓬乱。他站在门口，凝视着人已走空的宽敞的车间，他往前走了几步，又站住了，朝更衣室那边看去，埃斯波西托一直围着他的缠腰布，背向着拉萨尔。他赤身露体，十分尴尬，换着脚摇来晃去。伊瓦尔心想，拉萨尔是想对马尔库说几句话。马尔库全身隐没在水帘后面，看不到他。埃斯波西托抓起一件衬衫，动作麻利地穿在身上，这时拉萨尔用嘶哑的嗓音对他说："晚安。"说完向小门那儿走去。等到伊瓦尔想叫住他时，门已经重新关上了。

　　伊瓦尔没有洗澡就穿上了衣服，对大伙儿说了声晚安，不过是真心实意说的，大伙儿也用同样的热诚回答他。他飞快走出车间，找到他的自行车，骑上车子感到一阵腰酸背痛。落日将尽，他踩着车通过拥挤的城市。他骑得很快，一心想回到家里，坐在平台上。他要到洗衣房洗涮一下，然后坐下来，越过大道那边的栏杆，眺望那和他相依为伴的大海，海水定然比早晨变得更加湛蓝了。不过，小姑娘也要陪伴着他，所以他情不自禁地想到她。

　　回到家里，男孩子已从学校回来了，正在看画报。费南德问伊瓦尔一切是不是过得顺利。他一声不吭，在洗衣房里洗了个澡，然后靠着平台那堵小小的墙壁，坐在长凳上。带着补丁的衣服晾在他的头上，天空变成透明的色彩；越过墙壁，可以看到黄昏下柔和的大海。费南德端来了茴香酒、两个玻璃杯和装凉水的陶壶。她在丈夫身旁坐下来。他握着她的手，原原本本全对她讲了一遍，就像他俩新婚后那段日子那样。他讲完后，一动不动，转向大海，那儿，从天际的一端到另一端，暮色苍茫，天色迅速暗下来。"啊，错的是他！"伊瓦尔迸出这一句。他多想变得年轻，多想费南德也变得年轻，那么，他俩就可以远走高飞，跑到大海的那一边去。